徳間文庫

求愛

柴田よしき

JN104287

徳間書店

目次

金と銀の香り

1

「ちょっと、ほんとに大丈夫？」

受話器の向こうの由嘉里（ゆかり）の声は、ひどくか細い。

「あのね、今やってる仕事が終わったら手が空（あ）くから、そしたらすぐあなたのとこ行くわ。それまで待っててくれる？」

「いいのよ、ほんとにいいの」

由嘉里の無理をしているのがありありとわかる笑い声が聞こえた。

「全然だいじょうぶよ、ほんとは。ただ弘美（ひろみ）ったら最近、仕事仕事って遊んでくれないじゃない。だからちょっと驚かしてやろうかなって、そんな感じ」

「由嘉里……」

「ほんとだってば。暇な専業主婦の愚痴なんだから、そんなに真剣な声で心配しないでよ、弘美。あーあ、あたしも何か習い事でも始めようかなぁ。結婚した当初はいろいろやってたんだけどね、ホームパーティのお料理だとか、ヨーロッパのお菓子クッキング、なんて。グリーティングカードの手作りなんてのも習ったことあるのよ。だけどあたしって飽きっぽいから、すぐやめちゃった。人間、暇だとダメよね、ろくなこと考えなくて」

「何でもいいじゃない、楽しそうじゃない、何か習うのって」

「うん。ともかく暇なのが良くないんだよね。暇だからつまらないことでくよくよ悩んじゃう。弘美、明日にでもカルチャースクール探し始めてみる。だからもう、心配しないで、ね」

「由嘉里が大丈夫なら、それでいいんだけど」

「ほんとごめん、弘美、忙しいのに時間取らせて。これからゆっくりお風呂入って、頭冷やすね」

「お風呂入ったら頭があったまっちゃわない?」

由嘉里はやっと、ほがらかに笑った。

「そりゃそうだ。しょうがない、氷でも食べながらお風呂入るよ! じゃ、ね」

「うん。じゃまた。お休み」

「お休み」

ともかく、由嘉里の落ち込みはあれで少しましになったんだろうか。

弘美はため息をついて、受話器を置いた。

由嘉里の結婚式の披露宴に呼ばれたのはもう何年前のことだったろう？

三年……いや、四年。

あの日は、梅雨の最中だというのにとてもよく晴れて、暑かった。黒いドレスを選んでしまって、暑さに後悔しながら何度もハンカチを使ったのを覚えている。

由嘉里のドレスは有名なデザイナーの作品だとかで、小柄で童顔の彼女にとてもよく似合っていた。由嘉里が胸に抱いていたのは白い薔薇。あの薔薇の花束は、わたしに向かっては投げて貰えなかった。花束を受け取ったのは、雅子だったか、それとも由美だったかな？

弘美は、由嘉里の夫となった、新藤幹久の白いタキシード姿を思い出した。何だか似合わない、と思った。少なくとも、弘美の知っている幹久にはふさわしくない、と。

だがそれが、最後の嫉妬なのだということも同時に気づいていた。最後にほんの少し嫉妬するくらい、自分に許そうと思った。一度は心の底から好きだと思った男が他の女と、それも自分の友人と結婚するのだ。心が揺れないでいる方が不自然だ。

それでも不思議なことに、由嘉里に対しては何の憎しみも、その他の負の感情も湧かなかった。

もちろん、由嘉里が弘美と幹久の仲に割って入って幹久を奪ったというのであれば、由嘉里を憎んだだろうと弘美は思う。自分で自分のことを、そんなにあっさりと物わかりのいい女だとは思っていない。弘美が由嘉里に対して悪感情を覚えなかったのは、弘美自身の罪悪感を由嘉里の存在が薄めてくれたからに他ならない。

幹久に対する罪悪感。

幹久を裏切った、事実。

一時は弘美に対して呪詛に近い言葉を吐いたこともある幹久が、紆余曲折を経て結局、弘美に対しての未練や思いを由嘉里へと向けることで幸福になった。それは弘美にとって、罪から解放されたのと同じことだった。

由嘉里は、弘美と幹久が交際していた事実は知っていたが、二人の別れがどんなものだったかまでは知らない。いや……この三年余りの結婚生活で、幹久が何もかも由嘉里に話してしまっているということはあり得るが……ともかく由嘉里は、そのことについては一切口にしない。

そして由嘉里との友人関係は、由嘉里が主婦になり、弘美は相変わらず一人暮らしを続けている今でも変わっていない。むしろ、結婚してからの由嘉里は子供のいない専業主婦にありがちな退屈を持て余してか、弘美のところに頻繁に電話して来るようになった。今では学生時代に仲の良かった友人たちがほとんど結婚して子供を産んでしまい、彼女たちは小さい子供を抱えているので、由嘉里に付き合って長話も出来ない。当然、由嘉里も遠慮しているだろう。その分、自宅で仕事をしている為に、ほとんどいつでも電話に出てくれる弘美は丁度良い電話相手なのだ。

さすがに仕事が詰まっている時には鬱陶（うっとう）しいと感じることもあるものの、弘美はそんな由嘉里からの電話が嫌いではなかった。むしろ、正直なところ、由嘉里からの電話を楽しみに待っていた、と言ってもいいだろう。

弘美は、幹久と別れた頃に勤めていた会社を辞め、フリーランスの翻訳者となった。長年の夢でもあり、会社に勤めていた間もずっと夜間の専門学校に通って勉強していて、やっと検定試験で二級を取得して翻訳事務所に登録させて貰ったのだ。だが翻訳とは言っても小説などを訳すわけではなく、商品パンフレットや取扱説明書などの仕事がほとんどだった。専門は英語とフランス語だったが、どちらも今ではバイリンガルが増え、簡単な翻訳などは社員でもこなしてしまうようになったので、商業翻訳の仕事はさほど高い翻訳料が取れるわけではない。所属している翻訳事務所から回して貰う仕事を一ヵ月めいっぱいこなしても、女一人、家賃を払って生活するとぎりぎりだった。

そして、フリーランスで生活するというのは、予想以上に厳しく、孤独だった。OL時代のように昼休みに仕事の愚痴をこぼし合ったりすることも出来ないし、休憩しようとコーヒーをいれても一人で飲むしかない。たまたま仕事が詰まってしまった時などはプライベートな時間などなく一日中ワープロを打っていることになるし、肩が凝ってても眠くなっても、気を紛らわす相手と言えば、CDぐらいのもの。ひどい時には時間の感覚も鈍くなり、いつ夜が明けたのか日が暮れたのか、その日の天気は晴れていたのか雨だったのかもろくにわからないまま、時間が過ぎて行く。

そんな単調でどんよりとした一日の中に、由嘉里からの長電話が挟まると随分気持ちがなごむ。会話の中身は実に他愛のないことばかり、大部分は幹久に対しての愚痴や噂話と、ファッションの情報や映画の話題。それに幹久の母親との間に由嘉里が繰り広げている嫁姑戦争の顚末など、はっきり言えばどうでもいいことばかりなのだ。だがそれでも、弘美は由嘉里が楽しそうに喋っている声を聞き、それに適当に相槌を入れるという動作を繰り返すことで、自分がこの世界でたったひとりぼっち、のような錯覚から自分を救い出すことが出来るような気がしていた。

疲れているのだろう。

弘美にはわかっていた。今の生活は、そろそろ限界なのかも知れない。好きで選んだ仕事ではあったが、収入は貯金の出来るほどではなく、この先ずっと仕事を続けていても何か次のステップに踏み出せるといった感触は摑めなかった。同時通訳を勉強し直してそちらに転向しようかとも思うのだが、もともとあまり人と付き合うのが好きではない非社交的な性格だったので、生身の人間を相手にしなくてはならない通訳というのは不向きなように思う。映画の字幕の仕事などがしてみたいと思うことはあったが、どうすればそうした仕事にシフト出来るのか、コネもツテもないので見当が付かない。

結局、明日もまた同じようにワープロに向かうだけ。

そんな日常の中に時折ノイズのように飛び込んで来る由嘉里からの電話は、弘美にとっては、一杯の紅茶のようなものだった。自分にもまだ、時々電話してくれる友達がいる。それだけで楽しかった。

だが、ここ何回か、由嘉里の様子がおかしい。

はっきりとは言わないが、幹久の浮気を知ったことが原因で気持ちが落ち着かないようだ。だが由嘉里には、幹久の裏切りの真偽を確かめる勇気はないらしい。ただ邪推に邪推を重ねて悶々と悩んでいるだけなのだ。電話のたびに由嘉里は元気がなくなり、夜も眠れないのか、声が時折掠れていた。

会いに行った方がいいな。

弘美は、やりかけの仕事を片付けると机の前を離れた。

最後には笑って電話を切ったが、今日の由嘉里は一層おかしかった。話している内容に自分で神経が届いていないのか、時々話自体がとんちんかんになったし、声の掠れ方もひどい。夜も眠れず、食事も満足にとれていない感じだ。

上着を羽織ったところで電話が鳴った。反射的に受話器をとってしまって、しまった、と思った。事務所からだ。

「どうかな、進行状況」

「あ、はい。明日の朝までには」

「うわ、朝までかかる？　いや実はさ、先方から、予定していたプレゼンが一日早まったんで、今日中に貰えないかって言って来ているんだ。今夜なら遅くてもいいってことなんだけど、どうかな、急いで貰えないかな」

イヤだ、というわけにはいかなかった。この不況で、商業翻訳の仕事はどんどん減っているのに弘美が何とか食べていかれるのは、多少の無理は呑んでくれるという定評があるからなのだ。

「わかりました。何とかします」

弘美は椅子に座りなおして、猛然と辞書をめくり始めた。

食事も休息も取らずに仕事を続けて、結局、事務所にFAXを送り終えた時には、由嘉里からの電話が切れて四時間以上が経っていた。

時計を見る。もう午後八時半だ。幹久が帰宅し、夫婦の夕食が終わった頃ではないだろうか。今から押し掛けても、幹久がいたのでは由嘉里と突っ込んだ話など出来ない。

弘美は、由嘉里の家に電話した。


留守電?


奇妙な気がした。こんな時間に由嘉里が外出するというのはあまり考えられない。幹久の帰りが遅いので気晴らしにどこかに出掛けたのか、それとも、幹久と外食でもしているのか。いや、近くのコンビニにちょっと出掛けただけかも知れない。

時計を睨(にら)みながら十五分ほど待ってかけてみたが、やはり留守電のままだった。

空腹を感じたのでキッチンへ行き、冷蔵庫の残り物を温めて、テレビを見ながら簡単な夕食をとる。それからまた電話してみたが、まだ帰っていない。シャワーを浴び、寝間着に着替えてベッドに横になって本を読み始めたが、由嘉里のことが気になって内容に集中出来なかった。結局、十時少し前にまた電話してみた。由嘉里の生活サイクルはだいたい知っていたが、この時間にはもう寝る準備をしているはずだ。朝早く出勤する幹久に弁当を持たせているので、由嘉里は毎朝六時前に起きるのだ。だが、留守電の応答には何の変化もなかった。

胸騒ぎがした。

もちろん、幹久と二人で急にどこかに出掛けた、というのは有り得ることだ。他人の生活に首を突っ込むのははしたない行為だし、普段なら弘美も、さほど気にしなかったに違いない。だが夕方の由嘉里の様子が、どうしても弘美の頭から離れなかった。弘美は決心してベッドから起き上がると、寝間着を脱いでジーンズにトレーナーを着込み、車のキーを手に部屋を出た。

＊

由嘉里の家までは夜の道路を飛ばせば十五分ほどで着く。途中、信号待ちのたびに携帯電話から由嘉里の家をコールしたが、留守電の録音だけがむなしく流れた。

由嘉里の家、というよりも、幹久の実家のある都内の閑静な住宅地に着いたのは、午後十時半になる頃だった。幹久と付き合っていた頃に何度か訪れたことがあるので、道には覚えがある。古くからの高級住宅地で一軒あたりの敷地面積が広く、壁や囲いが長い。その上商店などはほとんどないので、東京の夜にしては異様に思えるほど辺りが暗かった。

幹久の実家は、そうした大きな住宅ばかりの一角ではむしろ小さく見える家だったが、それでも敷地は六十坪はあるだろう。とても古い木造の家で、庭に大きな桜の木があったのを弘美は懐かしく思い出した。いや桜だけではない、その庭には様々な木々が植えられ、季節がめぐるごとに違った花が彩りを添えていた。そしてその家に幹久は、両親と姉とで住んでいた。

幹久の姉は幹久とは三歳違いで、大変な美人だった。弘美は幹久の家に招かれて行くたびに、その美しい姉に逢えるのを楽しみにしていたものだ。美貌だけではない、容子、という名の彼女はとても優しい女性だった。普通なら弟のガールフレンドにはつい厳しい言葉のひとつもかけてしまうのが姉なのだろうが、容子はそうしたこともせず、いつでも弘美を歓待してくれた。幹久との仲が最高潮だった頃には、この家に嫁として入って容子のそばで暮らすことを幾度となく夢想したものだ。

だが現実に嫁と小姑という関係になれば、そんなに楽しいことばかりでもないようで、由嘉里は時たま、容子についても愚痴をこぼした。意地悪されるとか喧嘩するということはなかったようだが、由嘉里が幹久の母と対立している時などは、さり気なく姑の側について由嘉里をやんわりと責めることもあったらしい。まあ考えてみれば実の娘としては当然の行為だが。

現在は、容子も他家へ嫁ぎ、昨年幹久の父親が他界して、由嘉里の姑となった幹久の母親は、嫁と暮らすよりは実の娘と暮らす方が気楽だと言って娘の嫁ぎ先に越してしまったので、その古い家には由嘉里と幹久夫婦だけが住んでいる。

懐かしい門の前で車を停めると、外灯の光の中に、新藤、と書かれたひどく古めかしい表札が浮き上がって見えていた。

二階建ての家で、車の中からでも二階部分はよく見える。

明かりがついている！

弘美は慌てて、携帯電話を取り上げた。

二回目のコールで、いやというほど聞かされた留守電の録音の代わりに、誰かが受話器を取った気配がした。

「もしもし？」

弘美は思わず大声をあげた。

「もしもし、由嘉里？　由嘉里なの？」

「あ」

男の声。どこかで聞いた……いや、そうだ、幹久の声！

「ひ……弘美？」

幹久だ。だが何という声を出すのだろう。ひどく震えて、しゃがれている。

「幹久くん？　弘美です。どうしたの？　由嘉里は？」

「ゆか……りは……」

「なに？　ちょっと聞き取れないわ、幹久くん。由嘉里はどうしたの？　ねえ！　わたし、今ね、あなたたちの家の前なの。車で来たのよ、由嘉里のことが心配で。由嘉里は大丈夫なの？」

「ゆか……弘美、ひろ……」

耳にガツン、という音が響いた。受話器が幹久の手から落ちたのだ。

「もしもし、もしもし？」

「弘美っ！」

受話器ではないところから声がする。

車の窓から身を乗り出すと、二階の窓が大きく開いていた。

「幹久くん？」

「弘美、助けてくれ……由嘉里が、由嘉里が……」

逆光のせいで幹久の顔は真っ黒になっている。だが、そのあまりに異様な声が弘美の背筋を凍らせた。

弘美はドアを蹴飛ばすように開けると、新藤家の門に飛びつき、引き開けて中に飛び込んだ。

玄関のドアは施錠（せじょう）されていなかった。靴を脱ぐのももどかしく、二階へと駆け上がる。さっき幹久が開けた窓はたぶん夫婦の寝室だ。独身時代の幹久の自室も二階にあったので、おおよその見当は付いた。

それらしい部屋のドアを開けると、立ったままドアの方を向いていた幹久とあやうく衝突しそうになった。

「どうしたのよ、由嘉里は！」

幹久は、まるで壊れたロボットか何かのようにぎこちなく腕を上げ、向かって左手を指さした。そこにはドアがあって半開きになっている。この部屋に付随した小さなバスルームの入口らしい。

何も考える余裕はなかった。弘美はドアに突進した。

開けた途端に、悲劇が弘美の視界に飛び込み、弘美の思考を停止させた。

小さなユニットタイプのバスルームの床は、赤い絵の具でも流したかのようだった。その床の中央に、洗面台にもたれるようにして由嘉里が座っている。両足を少し開き、顔はドアの方に向けていた。だがその頭は垂れ、顔は見えない。

からだの横に投げ出された右の手の下に、大きな血溜まりがあった。そしてその血溜まりの中に、果物ナイフがひとつ落ちていた。

「……救急車」

弘美は後ずさりしながら言った。

「救急車よっ！　すぐ！」

「無駄だよ」幹久の声はくぐもり、泣いていた。「息してない……脈もない」

「呼ぶのよっ！」

弘美は叫び、幹久の胸に殴りかかった。

「早くしなさいよっ！　早くっ！」

叫んだ途端に、胸のいちばん底から一気に噴き上がって来た悲しみで、弘美は絶叫し、そのまま号泣した。

2

由嘉里の死から十日経った。

死因は失血性ショック死、死亡推定時刻は当夜の午後七時過ぎ。由嘉里が自分の手首をナイフで切り裂いたのは、弘美が必死に急ぎの仕事を片付けている最中だった。

解剖の結果、弱い睡眠薬が胃から検出された。

警察は自殺と断定した。死への恐怖を紛らわす為に睡眠薬を飲んだ由嘉里が、自らの手首を切ったと。動機は夫の浮気と、不妊。

不妊のことは、由嘉里は弘美に打ち明けていなかった。だが結婚二年目から不妊治療に通った結果、由嘉里の子宮は生まれつき変形していて、受精卵の着床がとても難しい状態であるということが判明していたらしい。

弘美は、呆然（ぼうぜん）としてその十日を過ごし、日に日に強くなっていく罪悪感と後悔とで、何も手につかないままでいた。あの夜、仕事など放り出してすぐに由嘉里の家に駆けつけていたら、たぶん由嘉里は自殺などしなかったろう。そう思うと弘美には、自分がのうのうと生きていることすらゆるされないことだという気がして来る。

食欲もなく、夜もあまり眠れず、仕事にもまったく身が入らない。弘美は、生まれて初めて、絶望、という言葉の意味を知ったような気がしていた。

そんな十日目の午前中に、それはやって来た。

郵便受けに入っていた、一枚の絵葉書。裏側には、可愛らしい押し花で模様が描かれている。

差出人は、由嘉里だった。

『弘美、元気？

なんて、今さっき電話したばっかりだったよね。

電話でちらっと言ったんだけど、習い事することに決めました。今、何がいいかなってパンフめくっていたところ。この葉書、パンフのおまけに付いてたの。

このとこ、落ち××××かりでごめんね。いろいろあったけど、吹っ切ることにしました。もう平気です。

いつの間××××番だね。庭の××××××……

金と銀、どっちが好き？　×××んは銀の方が好きだそうですが、あたしはやっぱり金です。香りがいいものね。これから×××××るので、銀を少し飾ります。

弘美から貰った、あの××××……×××……ています。また電話するね。ほんとに
ありがとう

元気になった由嘉里より』

投函の日付は……あの日だ。由嘉里が自殺した日。

だけどなぜ？　こんなに経ってから届いたの？

文面のところどころが滲んで読めなくなっている。水性のサインペンで書かれていたせいで、雨にでも当たって滲んだのだろう。そう言えば、由嘉里は普段からサインペンをよく使っていた。筆圧が高いのでボールペンだと指が疲れると言って。

よく見れば、宛名や住所の部分も何カ所も滲んでいた。

雨。

雨はいつ降っただろう、この十日間で。

弘美は必死に考えた。そして思い出した。そうだ、由嘉里の葬儀の翌日。由嘉里が自殺した日の三日後だ。

　理由がわかって来た。由嘉里はあの電話の後、この葉書を書いて投函した。普通郵便なので、同じ都内でも間一日、つまり、投函の二日後以降に配達される。弘美の住むマンションのある管内に到着していたこの葉書は、あの雨の朝、配達されたのだ。

だが、配達員の手違いで、住所の部分が雨に濡れて滲み、部分的に読めなくなってしまった。その結果、誤配が起こったのだ。

もう一度住所を見直して確信した。番地の最後の部分とマンション名のところがひどく滲んで、判読し難くなっている。それでも多分、配達される前に地域毎に区分けはされていただろうから、配達員はこのマンションにはたどり着いただろう。だが、葉書を入れる部屋番号を間違えたのだ。

弘美は思い出した。弘美の姓は小林。このマンションに、小林という姓の住人がもうひとりいる。確か、上の階だ。

弘美は葉書を摑んだままエレベーターに飛び乗った。そして自分の部屋の一階上まであがり、「小林」というネームプレートの掲げられた部屋のチャイムを押した。

「あ、あの」

チェーンをしたままのドアの隙間から、弘美より少し年上の女性が顔を出した。弘美は何と言えばいいのかわからず葉書を振った。

「ああ」女性の顔がおだやかにほころんだ。「それ、ほんとにごめんなさいね」

「ご、誤配されていたんですね」

「そうみたいなの。でもあたし、仕事で十日ほど留守にしていたもんだから、ゆうべ遅く帰って来て郵便物を確認するまで、それが入っていたことに気づかなかったんです。雨で部屋番号が滲んでるみたいだから仕方ないけど、同じマンションに小林がふたりって、こういう時は困るわね」

「わざわざありがとうございました」

「どういたしまして、お互い様ですから」

遅れて到着した葉書。死者からの便り。

弘美は葉書を持って自分の部屋に戻り、由嘉里の最後のメッセージを何度も読み返した。

疑惑が湧き起こった。

由嘉里は吹っ切れた、と書いている。それなのに……由嘉里の死亡推定時刻は午後七時頃。由嘉里との電話を切ったのは……あれは確か、四時過ぎだった。それから由嘉里はカルチャースクールのパンフを開いてこの葉書を見つけた。サインペンを手に文章を書いて、切手を貼り、外に出て手近のポストに投函する。急いでやれば十分でも可能だろうが、この文面からして由嘉里が急ぐ必要などはまったくない。普通に考えれば、葉書をポストに入れ終わった時点でもう五時頃にはなっていただろう。

なのに由嘉里は、それからわずか二時間足らずの間に心を変え、再び絶望して手首を切ってしまったのだ。

可能性として、まったくない、とは言えないだろう。人間の心は弱く、移ろいやすいもの。夫の浮気と不妊という、妻にとってはこれ以上ないほどの苦しみでぼろぼろになっていた由嘉里の心が、風に舞う木の葉のようにくるくると様を変え、吹っ切れた、と友人に葉書をしたためたその直後に自殺という道を選択してしまうということも、あるには違いない。

だが。

納得がいかなかった。理屈ではない。由嘉里の死に対する自責の念がそれを強めているのだ。

弘美は思い始めていた。

由嘉里は、自殺したのではない、と。

＊

葉書を持つ幹久の手は細かく震えていた。

弘美は、そんな幹久を不思議な気持ちで眺めていた。

幹久に対する強い憤りが、その震える手を見ている内にいくらか鎮まって来る、そんな感じだった。

「おかしいとは……思っていたんだ」

妻の死からわずか十日、憔悴し切って落ちくぼんだ幹久の瞳から、涙がこぼれ落ちた。

「おかしいと……由嘉里が……自殺するなんて、変だと」

「でも、由嘉里が苦しんでいたのは事実なのよ。わたしに掛けて来る電話でも、日に日に元気がなくなっていた。彼女は本当に苦しんでいたわ……自殺してしまったとしても、おかしくはないくらいに」

「弘美」

幹久は顔を上げ、小さくため息を吐いた。

「わかっている……俺が由嘉里を裏切ったことは事実だ。でもな、あれは、たった一度のことだった。本当にたった一度の……彼女には謝るつもりでいたんだ。気づいているんじゃないかってことは薄々わかっていたから」

「たった一度でも、裏切られたことに違いはないわ」

弘美はそう口にしながら、同じ言葉を幹久が自分に告げた瞬間を思い出していた。

弘美自身が幹久を裏切って、たった一度、幹久の知らない男と一夜を共にした、それを幹久が知った時の言葉だった。

しかし、本当にたった一度のことだったとしたら。

「不妊のことも……確かに由嘉里は苦しんでいたと思う。だが俺は、子供のことはもうそんなに気にしなくていいと何度も繰り返し言っていたし、絶望的ということじゃなかったんだ。医者は、可能性はあると言ってくれていた。俺自身、そんなにしゃかりきになってまで子供にこだわるつもりもなかった。そのことは由嘉里もわかってくれていると思っていた……」

「つまり……由嘉里には自殺するほどの動機はなかったと、あなたは思っているのね？」

弘美の言葉に、幹久は小さく頷（うなず）いた。

「この葉書に書かれている由嘉里の気持ちが本心だったとしたら、確かに、わずか二時間後に自殺してしまったというのは不自然かも知れない」

弘美は、ゆっくりと言った。

「文面が滲んでところどころ読めなくなっているけれど、見当が付く部分はあるわ。

最初の滲みの部分はたぶん、落ち込んでばかりでごめんね、でいいと思うんだけど」

幹久は葉書をじっと見つめながら頷いた。

「次の文章がまるでわからない。いつの間、とあるのは、いつの間にか、だとして……番って何かしら？　いつの間にか、何々の番だね……庭の何かがどうしたって」

「庭ってあるんだからたぶん、木だろう」

幹久は言ってひとりで頷いた。

「君も知ってるように、俺の家には古い樹木がけっこうある。そうだ、楓もあるんだ、小さいけど。庭の紅葉も色づいた、とか何とかそういうことじゃないかな？」

「だとしたら……あ」

弘美は大きく頷いた。

「いつの間にか秋も本番だね！」

「うん、きっとそうだ。いつの間にか秋も本番だね、庭の紅葉も色づいて来ました……」

「だけどそれじゃ、次の文章が唐突じゃない？　いきなり金と銀のどっちが好きかなんて。誰かは銀の方が好きだけど自分は金が好きだ、と書いてあるわよね……変ね、金の方が香りがいい……香りって？」

「最後の文章がヒントにならないかな。弘美が由嘉里にあげた何かが関係してるみたいだよ。由嘉里にあげたもので何か、思い当たるものってない？」

弘美は懸命に考えた。だが、由嘉里との付き合いが長すぎてすぐに特定が出来ない。由嘉里にプレゼントしたものは数多くある。誕生日、婚約祝、結婚祝、それだけではない、どこかに旅行に行くたびに何となく買って来てはプレゼントしていた、細々とした物。

「金と銀ってことは、アクセサリーかな」

「確かに、由嘉里にアクセサリーをプレゼントしたことは何度かあるわ。去年もスペインにちょっと旅行したお土産に、銀細工のブレスレットを買って来たし……」

「それのことかな？」

「だけど……香りっていうのは変よ。金色と銀色の香水瓶のことかしら。そんなものをプレゼントした記憶はないんだけど。それより幹久くん、その葉書によれば、あの日、由嘉里のところには誰か来ることになっていたと読みとれるわよね？」

「……ああ」

「幹久くんは何か聞いていたの、その来客について」

「いいや……あの日は残業で帰りがすごく遅くなったんだ。二時半頃には残業になるって予想がついたんで、由嘉里に電話してそう言ってあった。だが由嘉里は客が来るなんてことは言ってなかったよ」

「だとしたら、急な来客だった可能性はあるわね。でも不意打ちというわけではない。電話がかかって来て、これから行くから、みたいな」

「それなら顔見知りか？」

「……でしょうね。しかも……隠さなければならないような相手じゃない。知られて困る密会なら、こんなふうに葉書に書くはずがない」

幹久は頭を抱え、じっと考え込んでいた。だがゆっくりと頭を横に振った。

「思い当たらないよ……由嘉里には、家に気軽に遊びに来てくれるような友達はいなかったはずなんだ。昨年までは俺の親父やお袋と同居していたから、友達と会う時は外に出ていたし」

「やっぱり……あたしが由嘉里に何をあげたかが鍵なのかしら……」

「家に来てくれないかな」

幹久は決心したように言った。

「悪いけど、これから家に来て、由嘉里の持ち物を見て欲しいんだ。そうすれば何か弘美が由嘉里にあげた物で関係がありそうな物がわかるかも知れない」

弘美は頷いた。

幹久と会って話してみて、弘美は確信していた。由嘉里は自殺などしない。自殺したのではないのだ。

殺されたのだ。

3

幹久と二人で古い木造家屋に入ると、今にも由嘉里が玄関に出迎えに来そうな錯覚に陥（おちい）った。その古めかしい大きな家に、由嘉里は不似合いだったかも知れない。由嘉里にはどちらかと言えば、システムキッチンの付いた洒落（しゃれ）たマンションがふさわしかったろう。だがきっと、そんな由嘉里だったからこそ、この家にはなくてはならない存在だったのだ。

考えてみれば、由嘉里の結婚生活は決して安穏（あんのん）としたものではなかった。夫の両親や姉と同居することがどれほど大変なことか、今になって想像してみるとよくわかる。もし……もし弘美が幹久と別れずに結婚まで至っていたとしたら、由嘉里ではなく弘美自身が、その大変な結婚生活をおくることになっていたのだ。

ようやく夫婦二人水入らずの生活になれたのも束（つか）の間、今度は幹久に浮気され、その上、子供を持つことも難しいと判明して、由嘉里の心中がどれほど乱れ波立っていたか、想像するに余りあった。

だが由嘉里は「吹っ切れた」のだ。あの日。

これからが由嘉里の幸福な結婚生活の本番にならなければならないはずだった。それなのに……

玄関から居間、寝室へと、幹久に案内されてあらためて眺めて行く。ところどころに弘美が由嘉里に贈った思い出の品は姿を見せていた。東北に旅行した土産の素朴な土鈴は玄関の靴箱の上に飾られていたし、結婚祝に友人たちと共同で購入した、由嘉里が好きだったラッセンの鯨(くじら)の絵は、和風の居間の続きに作られているソファの置かれた洋間の壁に掛けられていた。幹久が由嘉里の遺品となった宝石箱を開けてくれた。婚約指輪や、幹久からのプレゼントらしい高価な宝石の間に布にくるんだものがあり、開いてみると、普段使いの気軽なアクセサリーがひとまとめにしてあった。そしてその中には、弘美が贈った銀のブレスレットもしまってあった。

キッチンの食器棚には、由嘉里と幹久の婚約を知った時に弘美が選んだペアのワイングラスも仲良く並んでいた。

いったい、この中のどれを由嘉里は指していたのだろう?

「何か、なくなっている物はある?」

幹久に言われてあらためて考えてみる。そう言えば……何か足りないような……

「あ」

弘美は手を打った。

「花瓶があったはずだわ」

「花瓶？」

「ええ……ほら、由嘉里、結婚してすぐフラワーアレンジメントを習っていたでしょう？　あの頃に、たまたま京都に旅行して骨董屋さんでとても素敵な花瓶を見つけたの。青いガラスで出来ていて。衝動買いしたんだけど、あたしはお華も習っていなかったし、自分で飾るなら一輪挿しの方が気楽でいいから、由嘉里にあげたのよ」

「青い花瓶か」

「ええ……あれはどこにあるのかしら？」

「探してみよう」

弘美は幹久について、花瓶が置かれていそうな部屋を探し回った。広い家だったので、使われていない部屋もたくさんある。二階の夫婦の寝室の二つ隣の部屋に、弘美は初めて入った。そこは幹久の姉の容子が独身時代に使っていた部屋だった。

「一昨年から使っていないんだけど、正月なんかに家族がみんな揃う時には、ここに姉さんと姉さんの旦那が泊まるんだ。今年もそうだった」

中は、夫婦の寝室ほどではないが広々とした、十畳ほどの部屋だった。家具らしいものは、古い大きな衣装戸棚とドレッサーしかない。畳は真新しい感じで、昨年の暮れに取り替えたばかりといったところか。

「以前は畳の上にカーペットを敷いてベッドを置いてたんだけどね」

部屋の中に踏み込んだ途端、弘美はその香りに気づいた。

「あら……なんていい香り」

「窓が開いてるのかな」

幹久は怪訝な顔で言った。

「庭の金木犀の匂いが入って来てるんだ」

幹久の後ろについて部屋を横切った。

「おかしいな……窓は閉まってる」

「あ、花瓶！」

弘美は気づいて指さした。窓際に置かれたドレッサーの上に、確かに弘美が由嘉里に贈った花瓶が載っていた。そしてその花瓶には、枯れてしまった葉をつけた枝物が一枝、挿してあった。

枝にはもう花は残っていなかった。だが、花瓶の周囲に散って落ちた小さな無数の小花が目に入った。すっかりひからびているが、白い小花だとわかった。

弘美はその花を凝視した。それは、金木犀にそっくりだけれど花の色だけが白い、銀木犀だった。

金と銀。

葉書に書かれていた失われた物語が、一度に姿を見せた。

滲んで読めなかった文字の総(すべ)てを、弘美は想像することが出来た。

『このとこ、落ち込んでばかりでごめんね。いろいろあったけど、吹っ切ることにしました。もう平気です。

いつの間にか秋も本番だね。庭の金木犀、銀木犀も満開です。

金と銀、どっちが好き？　容子さんは銀の方が好きだそうですが、あたしはやっぱり金です。香りがいいものね。これからその容子さんが来るので、銀を少し飾ります。

弘美から貰った、あの青い花瓶がちょうど良さそう。重宝しています。また電話するね。ほんとにありがとう

元気になった由嘉里より』

「……姉さん？」

幹久が、ひどく低い声で囁(ささや)いた。

「姉さんが……あの日……？」

「他に」弘美は、重苦しく息を吐き出した。「他に、この部屋を使う人はいないわよ……ね？」

「でも……姉さんは……あの日の夕方ここに来たなんて一言も……由嘉里に会ったなんて……一言も……」

「確かめましょう！」

弘美は幹久の腕を摑んだ。

「確かめるのよ。容子さんに！　早くしないと、もし……もし容子さんが由嘉里を……」

「そんなことは……あり得ない」

「だから！　だから確かめるの！　そうしないと……手遅れになるかも知れない」

「……手遅れ？」

弘美は無理に幹久を立ち上がらせて部屋から連れ出した。

「急ぐの！　急いで、容子さんの家へ！」

＊

容子が実母と夫と三人で生活しているのは、幹久の実家から車で十分ほど離れたところにあるマンションだった。容子の夫はまだ会社から戻っておらず、幹久の母親が二人を迎えた。

「容子なら買い物に行ったわよ」

母親は怪訝な顔で、幹久と弘美を交互に見た。

「だけどどうしたの……幹久、あなた、大丈夫？　まだ辛いならしばらくはここに……」

「姉さんはどこに買い物に行ったの？」

「踏切の向こうの商店街じゃないかしら。何か、お醤油切らしたとか言ってたわ。でもさっき見たら戸棚の中に買い置きがあったのよ。あの子も意外とあわて者だわね」

弘美と幹久は顔を見合わせ、挨拶もそこそこにマンションを飛び出した。

マンションから徒歩五分のところにある商店街に行くには、私鉄の踏切を越えなくてはならない。狭い道路なので車は不便だった。弘美は走った。もはや、何もかもが理解出来ていた。ただわからないのは動機だけだった。

なぜ、なぜあの容子が、由嘉里を殺さなければならなかったのか、その動機だけ。

夕闇が迫っていた。辺りには葡萄色の夜が静かに舞い降り始めている。その中に、踏切のライトがぽつんと光っている。

丁度電車が行き過ぎた。下りた遮断機の手前で弘美と幹久はじりじりと待った。電車が消えた。そして、線路を隔てた反対側に、蒼白な顔でこちらを見ている容子の姿が現れた。

警報機はまだ鳴っている。反対の線路に電車が来るのだ。

「姉さん！」

幹久は叫んだ。

「そのままじっとしてるんだ！」

容子は弟を見ていた。じっと。

ほとんど藍色に暮れてしまった空気の中に、容子の白い顔は恐ろしいほど美しく見えた。

「容子さん、弘美です！」

弘美も叫んだ。

「覚えておられますか？　いつも親切にしていただいた、弘美です！　由嘉里の親友の！」

容子の視線がゆっくりと弘美に向けられた。

生気のない顔。見開いたまま瞬きもしない目。

電車が来た。

ゴーッという音と共に容子の姿が視界から消える。弘美は叫んでいた。そのままそこにいて、と。

電車が通り過ぎた。

容子はまだ、そこに立っていた。

遮断機が上がり、幹久が容子のからだに向かって突進した。

＊

「私立探偵のせいだったの」

すっかり暗くなってしまった小さな公園のベンチで、容子は淋しそうに微笑(ほほえ)んだ。

「わたしが探偵なんて雇わなければ……夫の浮気を疑ったの。よくある話ね。新宿に買い物に出た時に、電話ボックスに置いてあったチラシを見つけた。秘密厳守、と書かれた事務所に電話したのよ。大手の信頼出来るところに頼めば良かったのに……わたし、そういうこと何も知らなくて。結局、夫の浮気はわたしの思い過ごしだったんだけれど……逆に脅迫されてしまったの」

「その探偵に？」

「探偵、というのはどうも……表向きだけのことのようで、本業は恐喝まがいのことをしている人たちだったのね。夫に、浮気を疑って私立探偵を頼んだことをばらしてしまうと脅されたの。幹久も、あの人の性格は知っているでしょう？　妻に疑われて探偵までつけられたと知ったら、あの人のプライドが許さない。どんな騒ぎになるかと思うと……恐くて。それでなくても母を同居させて貰っているのに……」

「お金を……要求されたんですね？」

容子は頷いた。

「初めは。でもあの人たちの本当の目的はお金ではなかったみたい。要求されたお金は最初はそんなに大きなものではなかったんだけど、十万とか、十五万とか、どんどん積み重なって。わたしの結婚前に貯めていた貯金はすぐなくなってしまって、そしたらサラ金を紹介されたの。わたしももう限界だと思って手を切ろうとしたんだけど……夫の会社に嫌がらせするぞと脅されて。結局、そのサラ金で二百万円借りさせられてしまったのよ。そして、利子が払えなくなったところで言われたの……ちょっとビデオに一本出演してくれれば、利子は払わなくていいから、と。そこまで行ってやっと気づいた……自分が蟻地獄に落ちていたことに」

その連中は最初から、容子の美貌に目を付けていたのだ。

「どうしようもなくて、もういっそ死んでしまおうかとまで考えた……そんな時に、由嘉里さんに気づかれたの。顔色が悪いけど何かあったんですかって。わたし……ついはずみで由嘉里さんに……」

「由嘉里に金を借りたんだな」

「ごめんなさい幹久。由嘉里さんならあなたにも母にも夫にも黙っていてくれると思ったのよ。でもどうしても……何もかも打ち明ける気にはなれなくて、訪問販売で騙されたのでその穴埋めだと嘘吐いたの。由嘉里さんは何も疑わずに貸してくれた。結婚前の貯金だから使ってくれていいと言ってくれて。なのに……なのに突然……あの日」

容子は掌で顔を覆った。泣いているのか震えているのかわからなかった。

「話があるからと呼ばれて行ってみたら、お金を返して下さいと言われたの。わたし……すぐにはとても返せないから、少しずつにして欲しいと言ったんだけど、由嘉里さん、自分ももう余裕がなくなるから急いでくれって」

「余裕が……なくなる？」

「離婚するつもりだって」

幹久の頬が大きくひきつれた。

「り……離婚……」

「理由はどうしても言ってくれなかった。でも由嘉里さんは本気だった。決心した、何もかも吹っ切れた、そう言い続けて。わたし……驚いたし、それにあまり突然だったので何だか腹が立って、どうしてこんな大きな家に住んで経済的にも何不自由ないのに、いきなりそんなこと言い出すのって、つい、由嘉里さんを責めてしまった。そんな資格ないのに……でも、でも……自分の弟に愛想をつかしたと言う女が何だか……我慢出来なかったのよ。そりゃ、浮気したのは幹久が悪い。だけどたった一度のことだったんでしょう、なのにどうしてって……子供が出来ないのだって幹久のせいじゃないじゃない！　ああ……どうしてあんなこと、言ってしまったんだろう。わたし……なぜあんなに由嘉里さんが憎かったんだろう……由嘉里さんは言ったの。わたしは……お義姉さんのようになりたくないだけなんです。夫に本当のことも言えずに義理の妹からお金を借りないとならないような人生は、まっぴらなんです……」

容子の泣き声が、暗い夜の公園に細く響いた。

「それで……由嘉里にあんなことを……」

「あのままだったら由嘉里さんは、幹久に何もかも話してしまった……そうしたら……そうしたらいったい何の為に、こんなに苦しい思いをして今まで夫にわからないように苦労して来たのかわからない……そう思ったら……自分で自分のしていることがわからなくなっていたの……。悩んで眠れない日々が続いて、たまたまあの時はお医者様に寄って眠くなるお薬をもらってて……」

「なんで」

幹久の、振り絞るような声が弘美の耳に痛かった。

「なんで……俺に打ち明けてくれなかったんだ……姉さん……」

「言えないことも……あるのよ」

容子は嗚咽を漏らしながら、そう言った。

「男には……まして弟には……言えないこともあるの……」


風が変わって、どこからともなく金木犀の香りが漂って来た。吸い込むと胸が痛いほど強い香りだった。

「きつ過ぎるわ」

容子の囁きが、濡れた声が、夜の中を流れた。

「わたしには、金木犀は、きつ過ぎる……弘美さん」

呼びかけられて弘美は、顔を覆ったままの容子を見た。

「あなただったら良かったのに……あなただったら。あなたが妹になってくれると思っていたのに」

金と銀。オレンジ色の花と、白い花。とてもよく似ているのに、違う花。

容子は、由嘉里に嫉妬していたのかも知れない。

容子の目には、由嘉里は「ふさわしくない」女だったのだ。最愛の弟の傍らにいることが、ふさわしくない女。

容子の心の中に棲んでいた鬼が、弘美には今、見えた気がした。

細い指輪

1

弘美は手にしていた花を筒に差し込み、線香に火を点けた。独特の香りが風に流れて、気持ちの底に冷たい流れが生まれる。目の前の石の下に、由嘉里の骨は埋められている。彼女は二度と戻っては来ない。微笑むこともない。

親友だった由嘉里が死んで半年が過ぎた。

弘美はこの半年、由嘉里の死に対して責任を感じ続け、こうして月命日には花を供えに由嘉里の墓を訪れていた。だがその墓に刻まれた家名を見るたびに、弘美の気持ちは複雑に揺れた。それは、由嘉里の嫁ぎ先の家名だった。由嘉里は、新藤幹久と結婚していたのだ。だが彼女は死の直前に、幹久と離婚することを決心していた。それなのに、由嘉里はもう永遠に、新藤の家から出ることは出来ない。
もちろん、由嘉里の実家は由嘉里の骨を新藤の墓に入れることには強硬に反対した。だが正式に離婚していなかった以上は、新藤家の墓碑に由嘉里の名前を刻まないわけには行かないと、新藤の親戚一同が申し入れて、ともかく由嘉里の骨を分骨して新藤の家と由嘉里の実家とで分けることで決着したと聞いている。由嘉里の実家の気持ちは痛いほどわかった。由嘉里の死……由嘉里は殺されたのだ。自分の夫の、実の姉に。

幹久の姉、容子は、ふとしたことから悪質な私立探偵につきまとわれ、金に困って由嘉里から借金をした。その金を返して欲しいと申し入れた由嘉里と口論になり、由嘉里を殺してしまったのだ。だがそうした表面的な事実だけでは、あの事件の本質を語ることはとても無理だろう。渦中に巻き込まれ、結果的に容子の犯罪を暴くことになってしまった弘美自身でさえ、容子の心の中にあったものを確かに理解することは出来なかった。

あの事件以来、幹久とも会っていない。幹久はかつて、由嘉里と結婚する以前に、弘美の恋人だった男。だが若い時代の恋は熱病のように過ぎ去り、幹久は恋愛の失敗を乗り越えて由嘉里と結婚した。

その由嘉里が、幹久の姉に殺められるなどと、いったい誰が想像しただろうか。

「それじゃまた来月ね、由嘉里」

手を合わせて拝み終えてから、弘美は墓に向かって小さく手を振って、墓前を後にした。

霊園を縁取るように植えられている八重桜の花も、もう満開をだいぶ過ぎた。この花が散ると、本格的に初夏になる。

そろそろ仕事を引き受けないとな。弘美は霊園から駅まで通じる道を歩きながら、ため息をひとつついた。

由嘉里の事件があった時以来、弘美は翻訳の仕事を休んでいる。あれ以来、集中力というものが弘美にはなくなってしまった。何かひとつの物事に集中しようとすると、まったく何の脈絡もなく由嘉里や容子の顔が目の前に浮かんでしまうのだ。そして一度浮かんだその顔は、ずっと消えない。弘美はこの半年間、睡眠導入剤なしで眠ることが出来なくなっている。だがいつまでも自分を甘やかしているわけには行かないのだ。わずかばかりあった貯え（たくわ）も、もう残り少ない。

事務所に行ってみよう。弘美は決心して、自宅とは反対方向に向かう電車に乗った。翻訳事務所「春日（かすが）トランスレイション・オフィス」は御茶ノ水の雑居ビルの中にあり、ワンフロアに机が十台ほど並べられ、正式な社員は四人しかいない小さな事務所だ。翻訳と言っても文芸作品や小説などを訳すのではなく、パンフレットや説明書の和文英訳を主に、フランス語、ドイツ語、イタリア語、スペイン語、ロシア語、中国語と、実に様々な訳文を取り扱っている。だが社員がそうした翻訳を実際に行うわけではなく、登録しているフリーの翻訳家が仕事を請け負ってやっている。小説とは違って、チラシ一枚一万円以下の小さな商売で、登録している翻訳家の全員が生活出来るだけ稼げるわけではない。まして最近の翻訳ソフトの質の向上はめざましく、解説書などの定型文ならば後で意味が通るように訂正する必要もさほどない。従って、小口の商業翻訳の仕事というのはどんどん減っているのが現状だった。この事務所でも羽振りがいいのは、イランやインド、東欧や北欧諸国の言葉を専門にしている人達ばかりだ。弘美の専門はフランス語だったが、仕事が少ない時には英語も引き受ける。それでも、たまに大口の仕事が入るので何とか食べて行かれる程度だった。

普段なら仕事の依頼と納品はFAXとE-mailで行ってしまうのだが、病気を理由に半年近くも休業してしまった後だったので、ともかく顔だけは出さなければ、と思った。

事務所のドアを開けると、顔見知りの社員が驚いたような顔で弘美を迎える。

「小林さん！　もうおからだの具合はいいの？」

「ええ。すみませんでした、長くお休みしてしまって。そろそろ仕事を再開しようかなと思ってご挨拶に寄ってみたんです。あのこれ、皆さんで」

　弘美は途中で買った菓子折を机の上に置いた。

「えっと、塩崎さんは？」

「あ、今ね、お昼で出てるの」

　弘美は時計を見た。十一時半を過ぎている。塩崎はいつも忙しくしていて、昼食が不規則だったことを思い出す。

「もう一時間になるから、そろそろ戻って来ると思う。ソファに座ってて。今、コーヒーをいれるね」

「あ、いいのよ。わたしします」

「気にしないで」

　鈴木というその女性社員は、笑って背伸びをした。

「そろそろあたしもコーヒー飲もうと思ってたとこだったから。座っててね」

　弘美は礼を言ってソファに腰掛けた。

　鈴木の他には室内には誰もいない。もともと社員は四人しかいないし、その四人の内、完全にデスクワークをしている事務員は鈴木だけだった。彼女は経理と総務をひとりでこなしているのだ。事務所長の塩崎は主として営業を担当し、出版社や大手の翻訳会社を回って仕事を受注する。残りの二人の内ひとり、井出という男性社員は塩崎同様営業が担当で、町企業などで輸出商品に付ける説明書の仕事などをこまめに集めて来る。そしてもう一人、松崎という女性社員は元大手出版社の編集者で、編集プロダクションと共同作業をしたり、事務所に所属している翻訳家をそうしたプロダクションに連れて行って、本を作る段階からスタッフとして参加させたりといった仕事に従事していた。

五分ほど待っていると、ドアが開いて塩崎が顔を見せた。

「あれっ、小林さん！」

塩崎はすぐ弘美に気づいた。

「もう大丈夫なの？」

「ご無沙汰しました」

弘美は立って頭を下げた。

「長いお休みをいただいてしまって申し訳ありませんでした」

「いやまあ、こちらこそ、何もしてあげられなくて。でももうすっかり体調の方はいいのかな」

「ええ」

弘美はにっこりしてからもう一度座った。

「いつまでも遊んでいるわけには行きませんから。ＯＬ時代の貯金が、半年も仕事をしなかったのですっかりなくなってしまって」

「全然やってなかったの」

「全然、というわけでもないんですけど。個人的に頼まれた仕事はぽつぽつ引き受けていたんです」

「じゃ、腕が鈍ってるってことはないね」

　塩崎は笑顔になった。

「いや良かったよ、ちょうど。今ね、松崎さんの関係でさ、新しく出来るファッション雑誌の仕事が定期的に入りそうなんだ。フランス語で、毎月かなりの分量になる。向こうの雑誌の記事を半分くらいそのまま載せるらしいから。いちおう、玉井くんと青田さんには声を掛けてあるんだけど、やはり三人くらいは確保しておかないとね、ほら、青田さんの場合主婦だから、無理がきかないでしょう。小林さんが復帰してくれるなら助かります」

「お休みをいただいた後なのに、定期的なお仕事がいただけるのは嬉しいです。本当にありがとうございました」

「うん、まあそんなとこだから、近い内に松崎さんから電話が行くと思います。編プロの方にも打ち合わせに行って貰うことになると思うけど。あ、そうだそうだ、丁度午前中にとって来た小さい仕事があるんだ。持って帰ってやってみる？　輸入化粧品の説明書なんだけど、納期がちょっと迫っててね、あさってまでに貰えると助かるんだけど」

　塩崎が茶色の封筒を弘美に手渡した。中から原稿を取り出してちらっと目を通す。分量はけっこうあるが、さほど難しい内容ではない。

「わかりました。やらせていただきます」

「頼むね。小さな商事会社だけど、ヨーロッパからけっこう細かなものを輸入して扱ってるんで、この仕事に満足して貰えたらお得意になりそうなんだ。小林さんなら安心して任せられるからさ」

　弘美は礼を言い、茶封筒を胸に事務所を出た。ようやくまた、昔のような日常に戻れるのだと思うとやはり嬉しかった。由嘉里の死以来自分の心につきまとっている、この暗い影のようなものから早く逃れたい。

　地下鉄の神保町から曙橋まで乗って、河合（かわい）クリニックのビルに入った。河合クリニックは精神科だが、主として心身症や不眠症など、現代的な心の不調を抱える社会人を患者にしている。弘美もあの事件以来ここに通い、抗鬱（こううつ）剤と精神安定剤や睡眠導入剤を処方して貰っていた。だが今日は、薬を貰う他に、仕事を本格的に再開したことを担当医に報告しようと思った。以前から医師の河合は、仕事をすることで余計なことを考えない時間を作る方がいいだろうとアドバイスしてくれていたのだ。しかしどうしても由嘉里と容子の幻が頭から離れず、今日まで思い切ることが出来ないでいた。今朝の墓参りで自分の気持ちにいちおうの整理を付けられたことが、弘美には嬉しかった。後は少しずつ、薬に頼ることもやめていけばいい。

　平日の午後だったのに、待合い室は混み合っていた。仕事途中で時間をつくってやって来た人が多いようだ。もしかしたら、営業などで外回りの途中に寄っているのかも知れない。言葉を交わしたことはないが、何度か待合い室で見かけた顔も並んでいる。その中のひとりの女性が、弘美と目が合うと軽く会釈（えしゃく）してくれた。

　ちょうど同じくらいの年頃だ、と弘美は思った。近くの会社のＯＬなのだろう、制服にサンダル姿だった。昼休み返上で来ているのか、膝の上に載（の）せているのは小さなポーチがひとつだけだ。ハンカチに財布、口紅くらいを入れて、昼休みにＯＬが持ち歩くような。

　彼女の方が早くから待っていたので、先に診察室に入り診察を終えた。ちょうど弘美の名が呼ばれて診察室に入る時に、彼女がクリニックの玄関を出て行くのが見えた。

「小林さん、今日はとても顔色がいいですね」

河合医師はお愛想ではなく、弘美の顔をじっと見て言った。

「何だか、やる気が出て来たみたいだ」

「ええ。実は今日、以前に仕事の斡旋をして貰っていた事務所に寄って、さっそく仕事をいただいて来たんです」

弘美が茶封筒を少し上下すると、河合は大きく頷いた。

「それは本当に良かった。ここまで来れば、もう心配はいりませんよ。薬の方は急に止めると反動が出ることがあるんで、もう少し続けて下さい。でも睡眠導入剤は、無理せずに眠れそうだと思ったら飲まないでもいいです」

医師がカルテに何か書き込んでいる間にふと、診察台の脇に何かが落ちているのに気づいた。花柄のハンカチだった。何気なく手に取ってみる。とても清潔で、微かにすずらんの花の香りがする。

「あれ、それ、袴田さんのかな」

河合がハンカチに目をとめた。

「さっき診察を受けたところだから、まだいるかな」

「あの、灰色の制服を着た女性ですか？」

「そうですよ。この先の交差点のところにある、間宮文具商会の人なんです」

「灰色の制服の女性でしたら、もう帰られたみたいでしたけれど、さっき」

「そうですか。じゃあ仕方ないな。受付に預からせておくか」

「あの、もし良かったらわたし、届けましょうか？　交差点のところでしたらどっちみち、地下鉄の駅に向かう途中ですから通りますし」

「悪いですね、そうして貰えれば助かりますが」

弘美は快く引き受けて、ハンカチを預かってクリニックを出た。


間宮文具商会の建物はすぐにわかった。小売りではなく卸しが中心の会社のようで、ショーウインドウのようなものがあるにはあるが、飾ってあるのは文具メーカーのポスターばかりだ。五階建ての、都会では目立たないビルだった。

一階にある受付で、河合医師から聞いて知ったばかりの袴田弓枝（ゆみえ）の名前を告げると、座って待つように言われた。受付の前には応接セットが二組用意されていて、間に背の高いドラセナの鉢がひとつ置かれている。右側のセットのソファに座って待っていると、数分で袴田弓枝が姿を見せた。

「あら」

弓枝は驚いた顔をしたが、嬉しそうにも見えた。

「すみません、突然。実はあの、河合先生のところでこれを拾って」

弘美がハンカチを差し出すと、弓枝の顔がほころんだ。

「あ、やっぱり診察室に忘れていたのね。わざわざありがとうございます、どこで落としたのかしらって考えていたところだったんです」

「先生からお名前と会社を伺って、地下鉄の駅に行く途中なのでお預かりして来たんです。お仕事中にお邪魔してすみませんでした。それでは」

「あ、あのちょっと」

弘美がソファから立ち上がると、弓枝が走るようにして弘美のそばに来た。

「お時間、急がれます？」

「あ……いいえ」

「でしたらあの、実はお話したいことがあるんですけど」

弓枝は腕時計を見た。

「昼休みが十五分残っているんです。少しぐらいなら遅れても大丈夫だし、あの、隣の喫茶店に入りませんか」

2

あまり繁盛しているようには見えない喫茶店だったが、電話が頻繁にかかり、その都度ウエイトレスが注文を受けているのが聞こえて来る。この辺りの会社にコーヒーを出前するのが主の店のようだ。

弘美は、なぜ今日初めて口をきいたばかりの弓枝が自分を喫茶店に誘ったのか不思議に思いながらも、オーダーした紅茶が運ばれて来るまでは黙っていた。

弓枝の方も、誘ってはみたものの何から話したらいいのかわからないというふうに、照れたような笑いを口元に浮かべて、コーヒーのカップが目の前に置かれるのをじっと待っている。

ようやくウエイトレスが去ると、弓枝は一口コーヒーをすすってから切り出した。

「以前から、一度お話したいと思っていたんです」

「あの……以前にどこかで？　申し訳ないんですけれど、わたし……憶えていないみたいで」

「あ、いいえ。河合クリニックの診察室でたまにお顔を合わせていただけです。あのでも実は……あたしの方は別の時にもお顔を拝見していたものですから」

「別の時？」

弓枝は頷いた。

「今朝もです」

「今朝って……それじゃ、お墓に？」

「はい。あのどうやら、お参りしている方の月命日が同じ日みたいですね、あたしたち」

ようやく事情が呑み込めた。袴田弓枝は、毎月同じ日に霊園で見かける弘美と、河合クリニックでたまに顔を合わせる弘美とが同じ人間だという偶然に気づいていたのだ。

「そうだったんですか……お墓ではちっとも気がつかなくて」

「すれ違いになることが多かったんです。あたしは毎月、出勤前にお参りしていますから、ちょうどあたしが帰ろうとしている時にあなたがいらっしゃることが多くて。あたし、あの霊園のすぐ近くに住んでいるんですよ。毎月お墓参りするのなら、近い方が便利だと思って引っ越ししたんです」

弓枝はクスッと笑って肩をすくめた。

「……とても大切な……方だったんですね」

弘美は思わず言ってしまった。立ち入ったことを口にしたと後悔はしたが、言わずにはいられない気持ちだった。わざわざ毎月一度の墓参りを欠かさない為に引っ越しまでする、そんな弓枝を前にして、それを言わずにいるのは失礼だという気がしたのだ。

「ええ」

弓枝は悪びれずに頷いた。

「大切でした。命より大切だったかも知れない……お墓の下にいるのは、あたしの息子なんです」

弘美は衝撃で言葉が出なかった。自分と同年代、たぶん三十歳になるかならないかの弓枝の口からそんな言葉が出るとは、想像もしていなかったのだ。


「結婚が早かったんです」

弓枝は、ゆっくりとコーヒーをすすりながら呟くように言った。

「短大を出て勤め出してすぐでしたから、まだ二十一歳になったばかりでした。勤め先の先輩だった男と恋愛して、妊娠してしまって。できちゃった結婚、というやつですね。本心を言えば、まだ結婚は早いと思っていました。正直、もう少し遊んでいたかった。仕事も続けたかったし。でも相手の男はもう三十で、そろそろ家庭を持ちたいと思っていたんでしょう。子供が出来たことで、結婚は当たり前だと考えたみたい。あたしが意見を言う暇も余裕もありませんでした。もちろん、勤めは辞めなさいと言われて」

弓枝は顔を上げて苦笑いのような表情を作った。

「ばたばたっと結婚式を挙げて、妊娠初期なので危ないからと新婚旅行にも行かず。後になって、貸衣装じゃなくて桂由美かジバンシィのウエディングドレスが着たかったなぁとか、オーストラリアに新婚旅行に行きたかったとか、いろいろ後悔したんです。でも何ひとつ、あたしの思うようにはなりませんでした。新婚当初はつわりがひどくて寝てばかりいましたし、出産すると育児に追われて、ふっと気がついたら結婚して三年、その間にたった一度も夫婦でゆっくり外出したこともない、そんな生活だったんです……あ、ごめんなさい、あたしったら初対面同然の方にこんな話を」

「いいんです、気にしないで。あの、良かったら……お話、聞かせて下さい」

「本当にいいんですか?」

弓枝は嬉しそうだった。誰かに話したくてたまらなかったのかも知れないなと、弘美は思った。

「まあそんな感じで、二十六歳になって、やっと息子が幼稚園に通い始めました。それで午前中に二時間だけ、自分の時間が持てるようになったんです。同じ幼稚園に子供を通わせてる人たちはみな年上で、お茶に誘われてもなかなか話が合わなくて。何か言っても、あなたは若いからわからないのよ、なんて笑われておしまいでしたし。それでその二時間、何か他のことに使えないかと思っていて……そうしたら、家の近くに絵画教室を見つけたんです。あたし昔から絵を描くのが好きでした。高校の頃は美術部にも入っていました。それで、午前中に油絵のクラスがあるとわかって、発作的に入会してしまったんです。毎朝息子を幼稚園バスに送り込むと、その教室に通いました。とても楽しくて……」

弓枝は、大きく一度ため息をついた。

「一年ほど経ったある日です。いつものように絵画教室に出掛けたわたしは、半月後に開かれる教室主催の展覧会に出す絵の仕上げに夢中で、幼稚園バスから降りて来る息子を迎えに行くのに遅刻してしまったんです。ほんの五分ほどのことだったんですけど、バスを降りてわたしの姿が見えないと知った息子は、ひとりで家に戻ろうとして……バイクにはねられてしまいました」

弘美は何も言えずに下を向いた。自分の手が小刻みに震えているのが見えた。

「……いつもの日でしたら、一緒の場所で子供を迎える近所のお母さんが、うちの息子のことも連れて帰ってくれるところだったのに……たまたま、その日に限って、その人たちは用事でそのまま出掛ける予定だったんです。そのお母さんはわたしが絵画教室に行っているのを知ってましたから、すぐに迎えに来るだろうから絶対にここを動いてはだめよ、と息子に言い聞かせてから、その場を立ち去ったと言ってましたから。……でも……息子は我慢出来なかったんですね。無理もありません、まだ四歳でしたから。ともかく……二カ月の間病院にいて、息子は息を引き取りました。夫はあたしを決して赦してはくれませんでした。あたしは離婚されて実家に戻ったんですけど、精神的に安定せず、何度も入退院を繰り返しました……もう……五年も前の話です。

河合先生はその当時、あたしが入院していた病院にいらしたんです。あたしは退院して勤めを始め、少しずつ社会生活に復帰しましたけれど、それには河合先生のお力が大きかったと思います。あの……こんなことを言うのはとても失礼なことだとわかっているんですけれど」

「何でも言ってみて下さい。構いませんから」

「……霊園で見かけるあなたがやはり河合先生のところに通っていらっしゃると知った時、あたし……もしかしたらあなたもその……似たような体験をされているのではないかと。もしそうなら……変な言い方なんですけれど、友達になって貰えないかしらと思って。今の会社には、離婚歴があることは話してありますが、子供を亡くしたことまでは知らせてありません。同僚も何も知りません。だから話すことが出来なくて……それがとても苦しいんです。あの辛い体験を話してしまって、何も隠さないで付き合える友達がいたらどんなにいいだろうといつも思っていて……」

弘美は、どう答えていいのかわからずにしばらく黙っていた。

「この指輪、見ていただけます?」

弓枝は左手の小指をそっと立てた。細い金色の輪がそこにはまっている。

「これ、息子のなの。息子が死ぬ少し前にね、縁日で、オモチャの指輪を売っていて。息子はあたしが指輪をしているのをいつも見ていたので、自分も欲しいと言い出したんです。いちばん細いのを選んだんだけど、これでも息子には親指でちょうどいいくらいだった……喜んで……親指につけて……」

それ以上は涙になった。

突拍子もなく友達になって欲しいと言われた経験がなかったわけではないが、いずれもずっと若い時代、十代の頃の話だ。この年齢になって、顔と名前しか知らない相手からそんなことを言われるとは思ってもみなかった。

だが、弓枝の気持ちは痛いほどわかった。

弘美自身も、由嘉里と容子の事件についてはあれ以来、誰とも話し合ったことがない。幹久とも顔を合わせていないし、自分の親や友達にも、真相は話さなかった。容子は義理の妹である由嘉里を殺した罪で逮捕されたが、まさかその逮捕に弘美自身が深く関与したなどとは、周囲の誰も知らない。隠さなければならないことの辛さは、弘美もよくわかった。

弘美は決心した。弓枝も話してくれたのだ。自分も話せば、今よりずっと楽になるに違いない。そして弓枝の望み通り、友達になろう。そうすれば毎月の墓参りだって楽しみのひとつになるだろうし、お互い、精神安定剤が必要なくなるかも知れない。

「子供ではないんです。でも、わたしが失ったのも大切な人でした」

弘美はゆっくりと話し始めた。

＊

その日から弘美は、週末に何回か弓枝と待ち合わせして街に出た。

特に何かするというのでもなく、ただ喫茶店で待ち合わせしてしばらくお喋りを楽しんでから、その時の気分で映画を観に出掛けたり、どこかのデパートのバーゲンを覗いたりする。三十一と二十九、二つ違いの姉妹のように、弓枝と並んで歩くのは楽しかった。互いに大きな心の重荷を背負っていて、たぶん一生、それをおろすことが出来ない。その思いがいたわりになって、お互いの心に負担をかけない会話が心がけられる。他の人々が相手だと、向こうは意識していないのに何も知らずにこちらの心の表面を爪でひっかいてしまうようなことがたびたびあるのだ。弓枝はそんなことを決してしない。その安心感は弘美にとって、何よりも心地よかった。

やがて、弓枝は少しずつ、自分が今心に抱きつつある新しい恋愛の話をするようになった。相手は四歳年下の塾の講師らしい。

「知り合ったのは渋谷なのよ。なんだか月並みで恥ずかしいんだけど」

「ナンパされたんだ」

「まあね」

弓枝は本当に照れくさそうに笑った。

「彼ったら、声を掛けてから年上の女だったと気がついて、これは失敗したって思ったんですって。でも何ていうのか、彼って女の人に対して冷たく出来ない性分なのね。声を掛けちゃった以上はまあ、コーヒーの一杯くらいいいかなってそのまま誘ってくれたらしいの」

恋人の話をする時、弓枝は幸福そうだった。五年前の悪夢のような体験からようやく抜け出して、弓枝にも人生の新しい季節がめぐって来たのだ。

弘美は素直に、羨ましいと思った。自分にはいつ、そんな時が訪れるのだろう。

「ただね……ひとつだけ、心配はあるの」

弓枝が切り出した時、弘美は弓枝が何を悩んでいるのか、言われる前に理解した。

弓枝は過去の話を恋人に打ち明けていないのだ。いや、離婚歴があることぐらいは話したかも知れないが、自分の不注意で結果として子供を死なせてしまったことまでは打ち明けていないのだろう。もちろん、簡単に打ち明けられるようなことではない。

しかし弓枝がその話を始めたということは、二人の関係が転機を迎えているということなのだろうと、弘美は思った。

「……結婚、考えてるの？」

弘美の問いに、弓枝は小さく頷く。

「彼の方から……考えてくれないかって。でも……あたしね、恐いのよね。本当のことを総て話してしまったら、今のこの幸福が全部どこかに消えてしまいそうな気がして。黙ったままで結婚することなんて出来ないのはわかってます。これからだって、あの子の月命日にお墓参りを欠かすつもりなんてないんだし。だけど……どう説明したらいいのかしら？　そんなことを打ち明けられてしまって、彼はその重さを受け止めることが出来るのかしら……考えれば考えるほどわからなくなって……やっぱり結婚なんて無理なんでしょうね、あたしには」

そんなことないわよ、と言ってあげたかった。だが弘美には言葉にすることが出来なかった。簡単に同情したり励ましたり出来るような問題ではないことは、弘美が誰よりもよく知っている。弘美にしたところで、半年前の事件のことを総て忘れて幸せになるなどということは、しょせん、無理な話なのだ。

「これをいつはずせるのか、自分でもよくわからないの」

弓枝は、小指にはめた金色の細い指輪を揺らした。

「何もかも正直に打ち明けて、それでも彼があたしを受け止めてくれたとしたら……

これをはずそうと思うの。はずしてお守りの袋に入れて持ち歩くことにします。ほら、これ」

弓枝は嬉しそうに、バッグのストラップに結びつけた小さな袋を指で弾いた。

「彼が買ってくれたのよ。彼の塾で、受験生の為に毎年買っているお守りなんだけど、これだけは特別、家内安全用なんですって」

弓枝はふふっと笑ってから、小さなため息をついた。

「天国のあの子はきっと、彼のこと気に入ってくれるとは思うけれど、彼の目にこれがいつも触れていたのでは彼の人生にとって重荷になるものね。あたしにとっては、これをはずした瞬間が、新しい人生の始まりなのね、きっと」

3

五月に入って、急に気温が上がった。朝の八時だったが、歩くともう肌が汗ばんで来るのがわかる。

新しい雑誌の仕事を引き受けたので、いきなり忙しくなってしまった。毎月、三人の翻訳家で手分けして、月刊誌一冊分を訳さなくてはならないのだ。他に単発で入って来る仕事もあったので、弘美はほとんど一日中、パソコンに向かってキーを叩く毎日をおくっていた。肉体的には辛かったが、そのおかげで余計なことを考えなくて済むのはありがたい。

弓枝は新しい恋人との関係に夢中で、週末に会うことも少なくなった。少し淋しい思いはしたが、彼女の幸せの為には良かったと思う。それでも、月命日には霊園で会う約束をしていた。

弓枝の会社の始業は九時半なので、霊園には八時に約束する。ちょうど一ヵ月前の今日、河合クリニックで弓枝のハンカチを拾ったことから始まった友情。これからも毎月この日だけは、一緒にここに来て二人でそれぞれの大切だった人の為に手を合わせよう、そう誓っていた。

腕時計を見ながら、待ち合わせた霊園の門で待った。八時十分になっても弓枝は現れなかった。どうしたのだろう？　携帯電話を取り出して弓枝のマンションにかけてみたが、応答がない。こちらに向かっているところなのだろうか。そのまま八時半まで待って、弘美は諦めて由嘉里の墓に向かった。お参りを済ませ、今度は弓枝の息子が眠っている墓を探す。参ったことはないが、弓枝から話に聞いていたのでおおよその場所は知っていた。袴田というのは弓枝の実家の姓なので、子供とは姓が違っている。山脇(やまわき)、というその姓を探して見当をつけたあたりを歩くと、山脇家の墓はすぐに見つかった。墓碑に、四歳十一カ月で亡くなった「敬(けい)」という名前もある。花は枯れていた。まだ弓枝はここに来ていないのだ。とりあえず花を取り替え、線香を立てて手を合わせた。

何だか胸騒ぎがした。

風邪でもひいたのだろうと思おうとするのだが、少しぐらいの風邪で弓枝が息子の墓参りに来ないわけはない、と思い直す。弓枝の家はこの霊園のすぐ近くなのだ。たとえ四十度の熱を出していたとしても、弓枝は必ずここに来ただろう。

弘美は走り出した。深く考えている暇はないのだ、と、頭の中で誰かが叫ぶ声がした。あの時、仕事の忙しさにかまけて由嘉里に会ってあげなかったばかりに、あんなことになってしまった後悔が、弘美を走らせていた。

弓枝の住むマンションは、霊園の桜の木々を見おろせる場所に建っている。訪れたことはないが、やはり話には何度も聞いていたのですぐに建物の見当が付いた。若葉のやわらかな緑が朝の空気の中で揺れている桜並木の真横に、赤茶色の六、七階建てくらいのマンションがあった。玄関に回り込んで郵便受けを見る。袴田、という名は三〇四号室。オートロックなので管理人室に飛び込み、ともかく袴田さんが部屋にいるかどうか確かめて欲しいと、管理人を引っ張って三階へ上がった。

何度呼び鈴を鳴らしても応答はなかった。管理人は渋面をつくりながらも、マスターキーを取り出した。だがノブに手を掛けてから、弘美の顔を見た。

「開いてるみたいですね、鍵」

靴を脱ぐのももどかしく部屋の中に駆け込んだ時、弘美はその光景を見た。

血の海の中に倒れている、男と女。

女は弓枝。

弘美の気が遠くなった。

*

新聞には、無理心中？　と出ている。

先に殺されたのは男の方で、身元はすぐに判った。岩本一郎（いわもといちろう）、二十七歳の塾講師。弓枝の恋人だった。心臓を一突きにされていて即死。弓枝は喉（のど）を切り裂かれて失血死していたが、その手には凶器となった包丁を握っていた。死亡推定時刻は、午前六時頃。遺書はなかったが、弓枝の日記が開いたままになっており、そこにはこう書かれていた。

『一郎さんが、正式に結婚を申し込んでくれた。もうどうしようもない。明日は一郎さんに総てを打ち明けよう。それで一郎さんがどんな反応を示すかで、あたしの人生は決まるだろう』


警察は、過去に弓枝が過失から自分の子供を失っていることを突き止め、日記の文章から、あの朝、過去を打ち明けたあげくに取り乱した岩本の姿を見て将来を悲観した弓枝が、発作的に無理心中をはかった、と判断したのだ。

弘美は納得していなかった。いや、絶対に信じられない、と思った。日付は変わっていたのだ。その時すでに、息子の月命日はやって来ていた。もし無理心中などはかって恋人を殺したのなら、弓枝は必ず、息子の墓に行ったはずだ。そして息子に手を合わせてから自殺しただろう。あの部屋からは桜並木の向こうにちゃんと、弓枝の息子が眠っている墓が見えていたのだから。だがそのことを警察に告げても、あの無理心中は発作的にやってしまったことだろうから、男を殺して冷静になる暇もなく自殺したのだろう、と言われてしまった。

しかし何よりも、絶対におかしいことがあった。警察から戻って来た弓枝の遺体の、左手の小指には、あの金色の指輪がはめられていなかったのだ。弓枝はあれをはずした。つまり、何もかも彼に打ち明けて、そして新しい人生を始める決心をしたということ。あの晩にたぶんその儀式は行われ、二人はそれでも変わらぬ愛を誓ったはずなのだ。だから弓枝は、あの指輪をはずしたのだ！

オモチャの指輪はどこからも見つかっていない。弓枝の部屋のどこからも。いつも持ち歩いていたお守り袋ごと、消えていた。

弘美は決心した。真実を必ず、突き止めてやる。

だがどうすればいい？

弓枝が自殺したのではないとしたら、もちろん、誰かが弓枝を殺したのだ。では弓枝には殺される理由が何かあったのか。弘美が知っている限り、弓枝が何かのトラブルに巻き込まれていた気配はなかった。もちろん、弘美の知らない弓枝の生活というのもあったには違いない。だが少なくとも簡単に探り出せる範囲では、弓枝が殺されなくてはならないような事情があるとは思えない。だとしたら、問題は男の方なのではないだろうか。

岩本一郎とはいったい、どんな男だったのか。何を考えていたのか。岩本一郎を殺す動機のある人間が、この世にいるのかいないのか。

弘美は、岩本の勤めていた学習塾に行ってみることにした。

トライ&トライ勉強塾、という名の学習塾は、世田谷の住宅街の中にあった。賃貸マンションの一階から五階までを占有し、けっこう大規模に経営されているらしい。講師の一人が死んだばかりでも、営業にはまったく影響はないようだった。対象は小学生から高校生まで。

玄関先の告知板のようなところに、英語の岩本先生がお亡くなりになりました、と小さく貼り出されていた。それに伴って岩本先生のクラスは担当が代わります。担当表で確認して下さい。

当然のことなのだろうが、悔やみの言葉ひとつない。岩本という男が死んでも人々の関心事はもっぱら、岩本の代わりに誰が英語を教えるか、ということだけのようだ。

その告知板の脇に、かなり大きな紙が貼られていた。

『講師面接においでの方は、受付で面接番号をお受け取り下さい』

弘美は反射的に外に出ると、手近なコンビニを探した。最近はコンビニでも履歴書を販売している。失業者の増加がまたコンビニの需要を伸ばしている構造だ。コンビニの中に用意されている宅配便の送り状を書く為のカウンターで、弘美は大急ぎで履歴書を書き上げた。私大の仏文科卒でトライ&トライ勉強塾に雇って貰えるのかどうかはわからないが、現役の翻訳家として食べているのだからまあ、英作文くらいは何とかなるだろう。そのコンビニにはスピード写真のコーナーはなかったが、外に出て少し探すと、スーパーマーケットの脇にプリクラと並んでスピード写真のボックスがあった。

十五分後にトライ&トライ勉強塾の建物に引き返した時には、完璧な履歴書を手にしていた。

受付で面接したいと告げると、中年の女性が訊いた。

「英語ですか、数学ですか、国語ですか。小学校の教員免許をお持ちですか」

「免許は持っていません。専門は英語です」

「履歴書をお願いします」

弘美が差し出すと、代わりにカードのようなものを手渡された。

「二階の二十四番教室が待合い室になっています。そこでお待ちいただけたら放送が入りますので、指示された教室で面接を受けて下さい」

二十四番教室は、普通の小学校の教室より狭い部屋だった。少人数精鋭教育がこの塾の売り物らしいので、同じような学力の子供だけを数人ずつ集めて授業をするにはこのくらいでいいのだろう。弘美の他には三人の男女が、文庫本を読んだり手帳をめくったりしながら座っている。三人ともとても若い。学生なのかも知れない。

やがて放送が入り、弘美より前に来ていた三人が次々と呼ばれて出て行った。面接自体は十分ほどのようで、一時間も待たない内に弘美の名が呼ばれた。面接会場は隣の教室だった。

「小林弘美さん……英仏語の翻訳家でいらっしゃいますか。それがまたどうして、塾講師に？」

「昨今は翻訳ソフトなどの開発も進みまして、小説以外の小口の翻訳の仕事は減りつつあるんです」

　それは本当のことだったのですらすらと口をついて出た。

「翻訳の仕事だけでは生活が」

「なるほど、よくわかります。当塾は少人数制をしいております関係上、講師の数も多く必要なんです。それで専任講師とは別に、登録講師制度というのをもうけております。今回の募集はその登録講師の方なものですから、まあ通常は、学生や大学院生などが応募して来るわけです。あなたのようなキャリアの方に応募していただけたのは大変に嬉しいんですが、その、講師料などの面で……」

「アルバイトとして扱っていただいてけっこうです。わたしも本業がありますから、週に持てるコマ数は限りがあると思いますので」

　面接官は嬉しそうな顔になってわかりました、と頷き、採否の結果は葉書で近日中にお知らせしますので、と言った。面接はあっという間に終わり、弘美は教室を出た。

　だがそのまま外に出ることはしないで、廊下に貼ってあった教室変更や講師変更の告知を端から読んで行った。岩本一郎の名前がところどころにある。けっこうたくさんのクラスを受け持っていたようだ。それらの授業は数名の講師に振り分けられていた。さらに気をつけて読んで行くと、今日の五時から岩本が授業をする予定だったクラスの成績発表も貼り出されていた。都立Aの三、というのがそのクラスだ。一流都立高校を目指すクラスの三組目、とでもいう意味だろうか。貼り出されていた名前は上位五名のみだったが、弘美は手帳を取り出してその名をさっとメモした。

ちょうど五時になるところだった。五分前。そろそろ生徒たちは教室に入っているだろう。都立Aの三が、英作文の授業を受ける教室は三階の三十番教室。弘美は走るように階段をあがって三十番教室の入口で立ち止まり、手近な生徒に声を掛けた。

「清水茉莉(しみずまり)さんって、来てるかしら」

「マリオくーん。ご指名〜」

ふざけた声で女生徒が奥に向かって怒鳴ると、今風に少しだけ髪を茶色にした生徒が立ち上がった。紺色のハイソックスにかなりミニに改造された制服のスカート。耳にはピアスが煌(きら)めいているが、学校でははずせるように、磁石式のものかも知れない。時代は変わったのだ、とふと、思う。このクラスで英作文の模擬テストのトップを取った生徒にはとても見えない。

「あのぉ、なんですかぁ」

愛想のいい生徒らしく、可愛らしい顔で笑いながら近づいて来る。

「学習計画だったら、遅れたけど昨日、出しましたけどぉ」

弘美のことを事務員だと思っているらしい。弘美は、茉莉を廊下に連れ出してそっと、胸のポケットから手帳の端だけを覗かせた。もちろん、騙(だま)すつもりだった。そして茉莉はすぐに騙された。

「すっごーい！　本物の女刑事ぃ？　あ、わかった。イワモトのことでしょ！」

弘美は人差し指を口にあてた。

「静かにね。こっそり訊きたいことがあるの。いいかな、ぜったい、友達にも訊かれたこと、喋ったらだめよ」

うんうん、と茉莉は何度も頷いた。

「岩本先生といちばん仲が良かった先生か生徒、知らない？」

「生徒ではいませーん。イワモトはおっかなかったからぁ、みんな嫌ってたもん」

「授業が厳しかったのね」

「そう。若いから、あたしらにバカにされないようにってキョセイ張ってたんだと思うなぁ。先生ではね、スッチーとよく一緒に帰るとこ、見たけど」

「スッチー？」

「須田(すだ)って国語のセンセ。女だよ。けっこうキレイ目。うちたちさ、イワモトってスッチーとデキてるって信じてたんだけどぉ、イワモトは他に女がいたんだねー。無理心中なんてかっこいいけど、でもカワイソウかな、やっぱり。イワモトって顔だけなら割といい感じだったもん」

弘美は、須田、という女性を追ってみようと決心した。

採用の葉書は翌日にはもう速達で届いていた。国立大学受験クラスの英作文と和訳を受け持って欲しいと書かれていて、内心ホッとする。中学生のクラスを持ったのでは清水茉莉に見とがめられる心配があった。どうせ長く勤めるつもりはなかったが、翻訳の仕事を一時的に減らす必要があった。何とかやりくりを付けて翌週からトライ&トライ勉強塾に勤め始める。授業のほとんどが夜の七時から十時の間だった。

目的は、須田恵理子。二十七歳の国語の講師で、大変な美人だった。彼女と何とかして友人になり、岩本に関しての情報を聞き出そうと思っていた。だが、須田はほとんど人付き合いをせず、講師の控え室でもいつもひとりで本を読んでいた。彼女の住所は講師名簿ですぐに調べることが出来た。弘美はもう、夢中だった。自分でも説明のし切れない感情に駆られて、弓枝が殺された真相をどうしても探り出したい、ただそれだけだった。ことあるごとに塾の様々な人々にカマをかけ、須田恵理子についての情報を集めた。

やがて、少しずつではあったが、恵理子と岩本一郎の関係が摑めて来た。二人はやはり、生徒たちが勘づいていたように、男と女の関係にあったのだ。だが半年ほど前に別れている。原因はたぶん、弓枝の存在だったのだと弘美にはわかった。弘美は須田恵理子のそばに出来るだけいるようにし、機会があるごとに、親友だった女性が最近死んだという話を持ち出した。そして、弓枝の形見分けとして弓枝の実家から貰った一枚の写真をいつも持ち歩き、何とかして須田にその写真を見せて反応を見たいと考えていた。

ある日、ついにチャンスが訪れた。

講師控え室でたまたま、須田恵理子が何枚かの写真を整理していたのだ。それはひと月ほど前に行われた、講師の親睦会でのスナップだった。持ち回りで幹事のひとりになっていた恵理子が、スナップを整理して配る準備をしていたのだ。弘美は茶を載せた盆を持って彼女の机のそばに歩き、躓いた振りをして茶を机の上にこぼした。

「あら大変、写真が濡れてしまうわ!」

弘美は叫ぶが早いか机の上にあった写真をすべてかき集めて手に持った。恵理子はまったく疑わず、給湯室から布巾を持って来て机の上を拭いた。

「もう大丈夫です。写真をありがとう」

恵理子が差し出した手に、弘美は写真の束を載せた。いちばん上に、弓枝のスナップを置いて。

恵理子の表情の変化は劇的だった。見知らぬ女の写真がそこにある、というだけの驚きでは決して、なかった。恵理子の瞳は恐怖で満たされ、唇が細かく震えていた。

「あら、いけない。わたしったら、自分で持っていた写真を混ぜてしまって」

弘美は笑顔で弓枝の写真を取り戻すと言った。

「この人が、最近亡くなった親友なんです」

それだけで充分だった。恵理子の瞳に憎悪が燃え上がるのがはっきりとわかった。恵理子は知ったのだ。弘美が、弓枝と一郎を殺したことに恵理子が関わっていると思っていることを。

「明日が月命日なんですよ、この女性の。気の毒に、この人の息子さんも同じ日に亡くなっていたんです。明日の朝早く、お墓にお参りに行くつもりです。この人、息子さんのお墓に毎月お参りする為に、お墓の近くのマンションに住んでいたの。そのマンションの部屋で死んでしまったんです……息子さんのお墓が窓から見える部屋で。恋人と無理心中したと言われています。でもわたしは信じていません。彼女は、殺されたんです。殺人犯がいるんです」

弘美は恵理子から視線をはずさなかった。

「お墓参りが済んだら、警察に行くつもりです。どうやら、殺人犯が誰なのかわかったみたいですから」

危険な賭けだ、と思った。だがそれ以外に、心中事件で片付けようとしている警察を納得させることは出来ない。恵理子にもう一度、誰かに向かって牙をむき出させる以外には。

4

翌朝は小雨が降っていた。だが弘美は傘をさし、午前六時に霊園へと向かった。正門が開くのは午前八時だったが、桜並木の近くにある細い通用門は常時開かれている。

前夜の内に襲撃がないとは限らなかった。塾から自宅に戻る途中にも細心の注意を払い、自宅では一晩中起きたまま、水道水以外は口にせずに過ごした。そして外が明るくなってから支度して出て来たのだ。

霊園までは、タクシーを使った。途中で襲われたのでは計画が狂ってしまう。

通用門のところで周囲を見回した。人の気配はなかった。それでも、桜並木の向ここう側に一台の車が停まっていることには気づいていた。

初めて、由嘉里の墓の前を素通りする。ごめんね由嘉里。後で寄るね。

山脇家の墓の前には、一カ月前のあの日、弘美自身がたむけた花がまだ置かれたまだった。すっかりひからびて、それでもいくらか色を残して。

花束は持って来ていなかった。総てが済んだらまたたむけに来よう。線香に火をつけ、紫の香りの中で手を合わせた。

背後に人がいる。振り返りはしなかった。

「須田さんね？」

人は、黙っている。弘美は前を向いたまま言った。

「いいのよ、わたしを殺したいならそうしても。ただその前に、返して欲しいの。弓枝さんの部屋から持ち出したお守り袋を。どうしてあんなものを持ち出したのかわからないけど、でも捨てたりなんてしていないわよね？　それだけを祈っていたの。捨てていないのなら、返してあげて。その袋の中に入っている指輪はね、この子のものなのよ。ここに眠っている、たった四歳で亡くなった男の子の、宝物なの」

首に何かが巻き付いた。荷造り用のロープだ、と思った時にはもう、息が出来なくなった。肩に載せていた傘の柄がすべって、足下に傘の花が開いた。

怒号が聞こえた。ばらばらと、人が駆け寄って来る足音が小雨の中で響いている。

「やめろっ」

「観念しろっ、おとなしくするんだっ」

男の声が重なる。弘美はゆっくりと膝を地面につけ、横たわった。冷たい雨の中で、刑事たちの手に取り押さえられた恵理子の姿が見えている。

警察は動いてくれた。ゆうべ担当の刑事に電話をして何もかも説明し、ここで恵理子を逮捕することに同意して貰ったのだ。


「あんなもの、捨てたわよっ！」

恵理子が叫んだ。

「あんな、あんなお守り袋なんて、あの女のバッグから引きちぎって、すぐに捨ててやったわ！　なによ……一郎はあれと同じものをあたしにもくれたのよ？　そんな、そんなに馬鹿にされて……どうしてあんな、年上の女の方が良かったのよ！　許せなかった……絶対に、絶対に許せなかった……」

恵理子は大声で泣いていた。雨足が強くなる。

嘘だといいのに。

弘美は、ぼんやりと思っていた。

捨てたなんて、嘘だといい。本当はどこかに持っていて、返してくれるんだ、きっと。

だってあの指輪は、敬くんのものなんだもの。

大人たちが取り合ったりしたらいけないんだもの……四歳の男の子の、お母さんとの思い出を。

雨が冷たい。もう夏なのに。

弘美は、声をあげて、泣いた。

憎しみの連鎖

1

「それじゃ、そういう線で決めましょう」

高原聖子（たかはらせいこ）はいつもの元気のいい声で言った。

「どうしたってパリと東京じゃ、感覚に違いが出てきますからね。うちの雑誌はあくまで、向こうのエスプリを大切にするってことで統一して、いいですよ」

弘美も頷（うなず）いた。高原聖子はいつも決断が早くていい。

弘美は、赤字の書き込みでいっぱいになった下訳の原稿用紙をまとめて立ち上がった。

「では、あさってまでに完成原稿を送りますので」

「よろしくお願いしますね。雑誌の方、割に好調なの。この分だとすぐに休刊にしなくて済みそうよ。小林さんたちとも長いお付き合いになりそうだわ」

「そうなるとわたしも嬉しいです。定期的に収入のめどが立つんで、とても助かります」

「次の校了が済んだら、編集長が翻訳スタッフの人たちと一緒に夕飯でもどうかって言ってたんだけど、どうかしら」

「わたしはひとり身ですからいつでもけっこうです。事務所に戻ったら他の人たちに予定を訊いてみましょうか」

「そうしてくれます？　楽しみにしてるわ」

弘美は頭を下げて編集部を出た。

もう十月、か。

頬を撫でた風は涼しく、残暑の余韻も完全に空気の中から消えてしまった。こんな、雑居ビルばかり密集した東京の真ん中でも、秋の気配は日に日に濃くなっている。

あれから一年が経つんだ……

昔は金木犀の香りがとても好きだったのに、一年前のあの日から、弘美は金木犀が嫌いになった。だがこうした都会の中にあっても、公園などに植えられた金木犀の強い香りが、風にのって流れて来るのは避けようがない。

花に罪はないのだけれど。

それでも、そろそろ忘れる努力をしなくてはいけないのだろう、と、弘美も思い始めていた。毎月の月命日に由嘉里の墓参りをする習慣も、そろそろやめた方がいいのかも知れない。まして、その月命日に、由嘉里を失ってからようやく出来た友だちを、また失ってしまった。

それも自分の生まれついて持っていた運なのだ、きっと。

そして二度までも、失った友人を殺した犯人を自分が探し当ててしまったこともまた、運命なのだろう。

また風に流された金木犀の香りだ。

弘美はその香りから逃げるように足を早めた。

その途端、その足音に気づいた。

背後から近付いて来る足音……だが、消えた。

弘美は振り返った。誰もいない。

夕方とは言ってもまだ辺りは薄明るく、街灯もともってはいない。

その辺りは住宅地と商業地域との境目になっていて、マンションと、オフィスなどが入っている雑居ビルが混じり合って建っているのだが、たまたまその時は通りに人影がなかった。

弘美はどことなくすっきりしない気分のまま、また地下鉄の駅目指して歩き始めた。時々わざと足を停めてみたが、特に気になるような足音は聞こえない。五分ほどして振り返ると、もう辺りは商店やオフィスビルの建ち並ぶ地域になっていて、弘美の背後には大勢の人が歩いていた。

尾行される心当たりなどもちろんない。たぶん、気のせいなんだろう。

弘美は地下鉄に乗り、翻訳事務所のある御茶ノ水へと向かった。

＊

「小林さん、さっきね、新藤さんって人から電話があったけど。外出しているって答えたら、また後でかけてみますって。知り合い？」

「男性、女性？」

「男の人」

幹久だ。かつて、遠い昔に弘美の恋人だった男。

だが学生時代の恋は終わり、幹久は弘美の親友だった由嘉里と結婚した。自然と互いの心が離れた結果としての別れだったので、由嘉里に対する嫉妬はなかった。それからも、由嘉里との友情は続いた。幹久とも、たまには三人で食事したり、映画を観に出かけたりする程度にずっと付き合い続けていた。弘美にとって、あの頃の新藤夫婦は、日常の単調さを時々リフレッシュさせてくれる、甘い飲み物のような存在だった。弘美自身は幹久ではない他の男性と恋愛を経験し、そして別れ、傷付いて、また新藤夫婦と会話をかわすことで淋しさを紛らわせた。

何となく漠然と、弘美はそんな関係が永遠に続くのだと錯覚していた。弘美にとってみれば気まま気楽に思えた専業主婦の由嘉里が電話でこぼす他愛のない愚痴までを、弘美は愛しいと感じていたのだ。時には鬱陶しかったり、うるさいなぁと思うこともあったけれど、由嘉里からの電話を弘美はいつも楽しみに待っていた。

その由嘉里が突然死んだ。幹久の実姉、容子に殺されてしまった。一年前の悪夢。

そうか。弘美は合点がいった。たぶん、由嘉里の一周忌のことで連絡して来たのだ。由嘉里の実家は今でも、新藤家に対しての憤りを鎮めてはいない。実家ではすでに先週、一周忌の法要が営まれ、弘美も呼ばれて出席した。ただ、由嘉里の御両親は一年目の命日にあたる日には日本を離れている予定だったので、法要は一週間早く行われたのだ。由嘉里の御両親は、一人娘が嫁ぎ先で殺された衝撃からなかなか立ち直れずにいたのだが、気分を一新する為に、オーストラリアのシドニーで観光業を営んでいる親戚を手伝うため、渡豪することになった。

由嘉里の命日は明後日だった。

由嘉里を殺めた容子は、殺害に至った経緯の中で同情すべき事情があると認められ、求刑より少し軽い懲役十年の判決を受けて服役している。

新藤家でも由嘉里の一周忌をするという話なら、こちらから電話してみようか。弘美は一瞬考えたが、結局何もしないでおくことにした。自分から連絡を取れば、幹久に一周忌に出て欲しいと言われた時断れなくなる。だが弘美は、新藤家に対してどうしてもうしろめたい気持ちになってしまうことに自分でもどうにもできないでいた。

容子が由嘉里を殺したことを突き止めたのは、弘美と幹久だった。そしてその時、真相を知るきっかけとなった、由嘉里の死後に届いた葉書の謎を解いたのは弘美だったのだ。新藤の家にしてみれば、娘の犯罪を暴いたのが弘美だったということになる。恨みに思わないわけはない、という気がする。少なくとも新藤家の人々にとって弘美は、思い出したくない人物であるだろう。

編集部で打ち合わせして来た内容を、同じ仕事を受け持っている翻訳家に電話で知らせると、弘美は書類をまとめて事務所を出た。事務所の中にも翻訳家が仕事をするスペースは設けられていたのだが、弘美は自宅でひとりで仕事をすることを好んだ。事務所に登録はしているが完全なフリーランスなのでそれで不都合はない。

　雑誌の仕事を始めて定期的な収入が出来たのは有り難かった。フリーの商業翻訳は、翻訳ソフトの普及で仕事の幅をどんどん狭めている。特に英語やフランス語、ドイツ語などは翻訳家の数も多いので、まとまった仕事を貰える機会はなかなかない。しかも由嘉里の事件があってからしばらくは、物事をする意欲がすべて衰えてしまって仕事もほとんどせず、貯金を食いつぶす生活だった。貯えもなくなり、自分でもこのまま無気力な生活を続けてはいけないと決心して仕事を再開してすぐに、今度はやっと見つけた新しい友人の弓枝がまた、殺された。危うくもとの無気力な生活に戻るところだったのをかろうじて踏み止まれたのは、その事件の直後から、創刊される新雑誌の翻訳作業という仕事で多忙を極めたからなのだ。忙しく働いていたおかげで余計なことを考える時間が少なくて済んだ。もしあの時、仕事に追われていることがなかったら、自分はもう立ち直れなかったかも知れない、と弘美は思う。どうした運命のいたずらなのか、弓枝の時も、弓枝を殺した真犯人を突き止めたのは弘美だった。

　由嘉里の命日には、お墓へ、由嘉里が大好きだった蘭を花束にして持って行こう。毎月、月命日の墓参りはずっと続けていたが、蘭はさすがに高価なので、一、二本混ぜて貰うだけだったのだ。実際由嘉里は、蘭の花が似合う女性だった。

2

夕飯の買い物を済ませてから部屋に戻ったので、玄関のドアを開けて居間に入った時、壁の時計がちょうど七時になった。イッツ・ア・スモールワールドの音楽がカリオンの音に似せた高い音で鳴って、時計の文字盤のところにある小さな窓が開き、子供が飛び出して来てくるくる回る。大学を卒業する三月に、卒業旅行で出かけたアメリカで見つけたものだ。

弘美の胸にまた疼きがおこった。その旅行には由嘉里と二人で行った。ニューヨークから始めて、宿の予約もせずに気ままに国内線やバスに乗り、三週間かけてアメリカ大陸を横断し、最後はハワイで三日ほど遊んで戻って来た。学生時代にアルバイトで貯めた金のほとんどを使い果たした旅だったが、就職して社会に出てしまえばもう二度と、そんな気ままな長期旅行など出来ないのだから、と、思っていた。そして由嘉里にはあれが本当に最後の長旅になってしまったのだ。

この一年の間、自分自身を立て直す為にと努めて由嘉里のことは思い出さないようにして来た。由嘉里と写っている写真は別のアルバムに移して大切に仕舞い込んだし、由嘉里と交換したクリスマスプレゼントのぬいぐるみや、由嘉里の結婚披露宴の引き出物だったワイングラスのセットもすべて、箱に入れて見えないところに仕舞ってしまった。だが時計のことだけは忘れていた。毎日それを見て暮らしていたのに、その時計をあのアメリカ旅行で買ったことは、すっかり記憶から抜け落ちていたのだ。

でも……

弘美は、踊っていた子供が窓の中へと引っ込み、時計がまた静かになるまでじっと見つめていた。

弘美の背中に、じわっと恐怖が湧き上がって来る。

この時計……停めてあったはずなのに……時報……

仕事中に時計が鳴り出すと集中出来なくなることがあって時報は仕事がない日にたまに楽しむだけにしていたのだ、ずっと。少なくとも、ここ数日の間で時報が鳴るようにセットした記憶はなかった。

弘美は椅子を時計の真下に運び、その上に乗って掛け時計をはずした。時報のセットは時計の下側に付いているスイッチで行うようになっている。スイッチは「鳴る」の方向に押されていた。壊れたわけではない……誰かが、スイッチを入れたのだ。

雑誌の編集部から事務所に戻る途中、路上で感じたあの、背後の気配を思い出す。

弘美は電話に飛びついた。誰かに知らせなくては。誰かがこの部屋に入ったんだ！

でも誰に知らせよう。警察？

警察が信じてくれるだろうか。ただ時計の時報がセットされていたというだけで。

実家……だめ、実家はだめ。母が心配して飛んで来てしまう。それでなくても、由嘉里の事件の後は田舎に戻って見合いをしろとうるさく言われて、閉口したのに。

そうだ、警察に連絡するなら、他に何か変なところがないか確かめておかないと。

弘美は受話器から手を離し、まず現金の予備を隠してある本棚を見た。敬愛するポール・ギャリコの小説『トマシーナ』の文庫本、その中に一万円札が二枚、ふたつ折りにして挟んである。他に目印は一切付けていないので、空き巣が本棚に見当を付けたとしても、端から一冊ずつ確かめて行かなければたどり着けないはずだ。本棚にはまったくおかしなところがなく、乱れは感じられなかった。それでも『トマシーナ』を開いて札を確認した。無事だ。次は……次はそう、通帳と印鑑。通帳はいつも持ち歩いている。印鑑は、食器棚の中に入れてある紅茶の缶の中だった。印鑑だけ盗んでも使い道はないだろうが、いちおう確かめた。銀行印の他に実印も、ちゃんと入ったままだ。念には念を入れて、さっき外から帰ってソファの上に置いたばかりのショルダーを開け、通帳も確かめた。後は、何だろう？　空き巣が欲しがりそうなもの。宝石？　高価なものは持っていないけれど……

ハンガーラックの中に入れてあるアクセサリーボックスを取り出して開けてみたが、なくなっているものはなかった。いちばん高かったアクセサリーが一粒ダイアのピアスで、左右対で十五万円くらいのものだ。買い値がそれだから、そんなものを盗んで売ったとしても、せいぜい二、三万程度にしかならないだろう。服も靴も確かめたが、何も盗(と)られていない。保険証書もあるし、パスポートもちゃんとある。

弘美はリビングの床に座り込んで考えた。

何も盗まれていないとすれば、この部屋に侵入した人間の目的って、いったい何なんだろう?

まるでわからない。

翻訳の仕事は、以前はワープロだったが、最近になってパソコンを使うようになった。いちおうパソコンの電源も入れ、ハードディスクを調べてみた。ファイルに異常があるようにも見えない。もっとも、ファイルのコピーをしてデータを持ち出されても、きっとわからないだろうが。

だが誰かが持ち出して得するようなデータなど、もともと入っていないのだ。

ものを盗むことが目的でないとしたら、何かのいたずらなのだろうか。面白半分に女の部屋に侵入して、下着でも……あ、下着！

弘美は衣装簞笥(だんす)のランジェリーを調べた。とりあえず朝見た時と変わりはないように見えるけれど……だが正直なところ、持っている下着をすべて記憶しているというわけでもない。お気に入りのものはわかるが、日常使いの下着はまとめ買いすることが多く、傷んで来たらその都度捨てているので、箪笥の中にパンティが何枚入っていた、と断言出来るほどすべてを憶えてはいないのだ。

これで警察に通報したとして、この部屋に誰か入ったことをどうやって警察に納得して貰ったらいいんだろう。

玄関ドアの鍵はちゃんとかかっていた。オートロックではないので誰でも部屋の前まで来ることが出来るが、鍵がなければこの中へは入れない。いや、プロの空き巣狙いならきっと、鍵などなくても侵入してしまうのだろう。だがプロの空き巣狙いだったら、いくら高価なものが何もない部屋だったからと言って、何ひとつ盗まずに帰ったりするだろうか？　しかも……どうして時計の時報をセットする必要があるの？

わけがわからない。

だが、わからないだけに恐い。

やっぱり警察に連絡しよう。

弘美はまた電話機に手を伸ばした。その時、まるでタイミングをはかったようにベルが鳴り出した。

「……もしもし？」

　弘美は恐る恐る声を出した。

「小林さんのお宅でしょうか。新藤と言いますが」

　幹久だった。

「幹久……さん？」

「うん。あれ、弘美？　どうしたの、声が変だけど」

「あ」弘美は、自分がおびえていることにやっと気づいた。「ごめんなさい、大丈夫。事務所に電話くれた？」

「うん。仕事中に悪かったね」

「別にいいの。それより……由嘉里の一周忌のこと？」

　受話器の向こうで、幹久がごくっと喉を鳴らした。

「どうしてわかった？」

「他にあなたがわたしに電話して来る理由、思いつかないもの」

　幹久が小さく笑った。

「いい勘をしてるね。うん、そうなんだ。うちの方でも法要をしたいって母が言い出してね……姉から手紙が来て、姉もすごく気にしてるみたいなんだよ。もっとも、いくら法要なんかしたって、由嘉里が戻って来るわけじゃないんだけどさ」

「そんな言い方、したらだめよ」

弘美は優しく言った。

「お葬式にしても法要にしても、ああいうことって、死んだ人のためにするんじゃなくて、残された人の心のためにするんだって、何かに書いてあったわ。一周忌をしてあなたのお母様や……容子さんの気持ちが少しでも安まるなら、意味のないことなんかじゃないわよ、きっと」

「ありがとう、弘美。そう言われると少し、気持ちが楽になるよ。ほんとはさ、うちの方で由嘉里の実家とは別に法要するなんて、また由嘉里の御両親の気持ちを逆撫でするんじゃないかって、心配だったんだ」

「仕方ないわよ……由嘉里の御両親は、何をどうしたって決して納得してはくれないはずですもの。でもね、わたし、由嘉里の一周忌の法要に出てご挨拶したんだけど、随分おだやかな顔つきになってらしたわ、由嘉里のお父様もお母様も。オーストラリアでしばらく暮らしたら、きっともっと元気になられるんじゃないかな」

受話器の向こうで幹久がついたため息が、弘美の耳をくすぐった。

由嘉里の事件でいちばん辛かったのは、幹久なのかも知れない、と思う。幹久と由嘉里との夫婦関係が冷めたのは、どちらにより責任があったと言える類いのことではないのだ。だがもし、幹久がもっと早く由嘉里の心の変化に気づいていたとしたら、悲劇は防げたかも知れない。少なくとも、容子が由嘉里から内緒の借金をしてることを、由嘉里が幹久に打ち明けていたら……

やめよう。ああだったら、こうだったら、と過去のことをいくら持ち出していじりまわしても、それこそ由嘉里は決して戻って来ないのだから。

「それでね、その法要なんだけど……弘美は出てくれるつもり、あるかな」

やっぱり、そう言われたか。

今度は弘美がため息をつき、もっとも適切な言葉を探してしばらく迷った。だが思い浮かばなかった。ありのままに言うしかない。

「出席しない方がいいんじゃないかと思うの」

弘美が言うと、幹久は少し驚いていた。

「ごめんなさい、出たくないという意味じゃないのよ。由嘉里の法要なら、どんなものでも、誰がやっても出るわ、わたし。でも……あなたのお母様は、わたしの顔を見てどんな気持ちがするだろうって……容子さんの犯罪を暴いたのはわたしだった。あなたのお母様にしてみたら、わたしさえいなかったらって思うことだって、あるんじゃないかな……」

「悪いのは姉だ」

幹久の声は、喉の痛みを堪えているかのように低かった。

「弘美を恨むなんて筋違いなこと、母だってしないよ」

「筋が違っているとかいないとか、そんなことじゃないのよ」

弘美は、出来るだけ優しい声で言った。

「あなたのお母様は立派な方だわ。それはわたしもよく知っている。でもね、容子さんはあなたのお母様にとって、何ものにも代えられない大切なお嬢さんだった。誰が悪かったとか悪くなかったとか、そんなことじゃないのよ。娘が不幸になった原因なら、どんな小さなものでも憎い。それは親として自然な感情なんじゃないかしら……もちろん、あなたのお母様はわたしにも優しくしてくださると思う。決して理不尽なことを言って責めたりはしないでしょう。でも……それでも、わたしの顔を見るだけで、辛いと思うのよ……ね、わかって。わたし、もう由嘉里の事件のことで、誰かが苦しい思いをするのを見たくない。……見たくないの。犯人探しなんてしたのは間違っていたのかも知れないって……わたし、考える時があるの。わたしが何もしなくても、容子さんはきっといつか自首していた。容子さんは、由嘉里を殺したままで平然と生活して行けるような人ではなかったもの。何もしなくても、きっと……」

「それは違うよ」

幹久が言った。

「もし弘美が姉の犯罪を指摘しなかったら……姉はきっと、自殺していたと思う。君には信じて貰えないかも知れないけど、その点で、母も、僕も、弘美に感謝しているんだ」

幹久からの電話を切って、弘美はシャワーを浴びた。湯を顔にあてている時、幹久の言葉を思い出した。

感謝している。

それは嘘ではないに違いない。だが、真実でもない。

弘美は泣いていた。

どうすれば良かったんだろう。由嘉里が自殺したのではない、殺されたのだと見破って、そしてどうすれば、みんながもっと幸せになれたのか。

どうにも仕方なかったのよ、と自分で自分を納得させようとしても、心のどこかに後悔が棲みついて、離れない。

3

翌朝、目が覚めた時にはもう、警察に不法侵入者のことを通報する気はなくなっていた。考えれば考えるほど、誰かが部屋に侵入したのでは、という疑惑は根拠のないものに思えて来たのだ。時計の時報も、自分でスイッチを入れておいて忘れているだけだという気がして来た。実際、そういうことはこれまでにまったくなかったわけではない。毎時カリオンまがいの甲高い音楽を耳にするのは鬱陶しいものの、あの仕掛けそのものは弘美のお気に入りだった。仕事にあまり追われていない日などは、よく時報のスイッチを入れておいて、音楽と子供のダンスを楽しんでいるのだ。鳴らされる曲は十二回すべて違っていたし、踊るのも男の子や女の子、猫、犬、鳥、そして天使と、十二回それぞれに工夫が凝らされていて見ていると飽きない。昨日、仕事に出る前にスイッチを入れたことを忘れていたとしたら、その後時報を耳にするチャンスはあの七時の時点までなかったわけだから、びっくりしたのも当然だろう。

でももし、スイッチを入れていながらそれを忘れていたとしたら、自分の精神状態はまだ本当ではないということになる。

弘美は憂鬱になった。由嘉里の事件のショックから、ようやく立ち直ったと思ったら弓枝の事件。二度も続いて、神経が参ってしまったのかも知れない。

打ち合わせは昨日済んでいたので、今日はずっと自宅で仕事をすればよかった。弘美はあまりくよくよと考えないことにして、午前中は仕事に専念した。

昼食を済ませ、休憩時間と自分で決めてソファで雑誌を眺めていた時、電話が鳴った。

幹久かも知れない。昨夜の話をまた持ち出すつもりなんだろうか……

「もしもし？　小林弘美さんですか」

聞いたことのない男の声だった。まだ若い感じがする。

「はい、小林ですが」

「袴田弓枝って知ってますよね」

弘美はどきりとした。

「……存じていますけれど。あのでも、袴田さんは……」

「死んだんでしょう。わかってます」

ひどくぶっきらぼうな言い方で、弘美はむっとした。

「あの、御用件は何なんでしょうか」

「袴田弓枝のことで、ちょっとお知らせしたいことがあります」

「お知らせしたいこと？　あの、どういう意味ですか。わたしは確かに弓枝さんの友人でしたけれど、彼女のことについてとても詳しかったというわけではないですし……」

「弓枝は息子の形見を持ってたでしょう。それは知ってますか」

息子の形見……金色の、玩具（おもちゃ）の指輪のことだ。

交通事故で死んだ息子が、縁日で買って大切にしていたという金色の指輪を、弓枝はいつも小指につけていた。だが弓枝が死んだ時、指輪はどこにも見当たらなかったのだ。弓枝が指輪をはずして入れておいたお守り袋は、弓枝を殺した須田恵理子が捨ててしまったと言っていた……

「その形見がね、見つかったんですよ。それであなたなら見たいだろうと思いまして」

「どこにあったんですか！」

弘美は思わず叫んでいた。

「須田恵理子が持っていたんです。知ってるでしょ、弓枝を殺した塾の先生です」

「……知っています」

「もとはと言えばさ、悪いのは須田恵理子じゃない。須田恵理子を裏切って弓枝と結婚しようとした、岩本だよ」

弘美はそうは思わなかった。確かに、弓枝の恋人だった岩本一郎は、弓枝と知り合う前に須田恵理子と交際していた。二人が結婚寸前まで行ったという話も、警察から聞いた。だが、だからと言って、弓枝と岩本一郎とを心中に見せ掛けて殺すなど、していいことのはずがない。弓枝には何の落ち度もなかったのだ。弓枝はたぶん、岩本と須田恵理子とのことも知らなかったに違いない。弓枝は、自分の方が年上でしかも、過去に過失から子供を死なせたことがあるということをとても負い目に感じていて、なかなか岩本との関係を前に進めようとしなかったのだ。ましてや、もし岩本に須田恵理子という女性がいたことを知っていたなら、ずっと早い段階で身をひいて、岩本との関係を断ち切ろうとしていただろう。弘美にはそれがわかった。毎月の月命日に子供の墓に花を供えていたことが、何よりも雄弁に、弓枝のそうした性格を弘美に教えていた。

「岩本なんて殺されても仕方なかったんだ」

電話の向こう側の男は、弘美の反応には構わずに続けた。

「須田恵理子が気の毒だよな、ほんとに。まあそれはそれとして、で、どうします？弓枝の息子の形見、小林さんは見たくないですか」

「あの……なぜわたしに？」

「だってあんた、親友だったんでしょ」

若い男の口調はますますぞんざいになった。まるで、そんな電話を掛けているのが面倒でたまらない、というように。

「見たくないなら別にいいんだけどさ」

「見たいです」弘美は言った。「見せていただけるんですね？　そして、返していただけるんですね！」

「誰に返すんだよ」

男が笑い出す。

「弓枝も息子も死んでんだぜ。あんたのもんじゃないだろう」

「それはそうですけど、でも」

「まあいいからさ。ともかく見たいなら来て下さいよ。えっとね、今夜十時半にね、地下鉄の東陽町の駅ね。知ってる？」

「わかると思います」

「木場の方に行くホームのね、いちばん後ろにいてよ」

「あの、あなたの目印は」

「いらないよ。あんたの顔は知ってるからさ。じゃ、そうゆうことでよろしく」

電話は一方的に切れてしまった。

弘美は混乱していた。何だかわけのわからない電話だった。

いったい、電話の主の目的は何なんだろう。

わたしに弓枝の息子の形見を見せて、それからどうするつもりなんだろう？

だが、弓枝が大切にしていた息子の形見を、もし本当に須田恵理子が捨てずに持っていてそれを誰かが預かっているのだとしたら、何としてでも取り返してやりたい、と弘美は思った。電話の主が須田恵理子とどんな関係なのかはわからないが、いずれにしてもあの金色の指輪は須田恵理子のものではない。あの指輪は、弓枝だけのものだ。弓枝と息子とが一緒に眠る墓に返してあげなければ、弓枝が可哀想だ。

口ぶりからして、電話の主は須田恵理子に心情的に近い人間だろう。恵理子を悪く言わず、悪いのは岩本一郎ひとりだと決めている。だが弓枝に対してどう思っているのかは口に出さなかった。

いったい、あの男は誰なんだろう？

それに……わたしの顔を知っているって……

追跡者。そして、侵入者。

弘美は大きく深呼吸してから頭を振った。

違う。関係ないはずだ。もし電話の男がわたしのあとをつけたり、部屋に入り込んだりしたのなら、なぜわざわざ弓枝の息子の形見をわたしに見せる為に呼び出す必要がある？

*

時間が経つのがひどく遅く感じられた。奇妙な電話を受けてから後は、仕事にもまったく身が入らなかった。単語が頭の中をすり抜けて、そのまま意味をなさずに消えてしまう。辞書をめくっても、自分がどんな綴(つづ)りの言葉について調べているのか、すぐにわからなくなってしまった。

七時になって、弘美は諦(あきら)めてパソコンの前を離れた。冷蔵庫の残り物で簡単に夕飯を作ったが、食欲はない。もう仕事に戻る気にもなれずに、テレビをつけたり雑誌を眺めたりしたが、文字も言葉も音楽も、何も頭に入って来なかった。

八時を過ぎてからは、理由もなく部屋の中を立って歩いていた。

弘美の住むマンションから東陽町までは、地下鉄を乗り継いで三十分と少しかかるだろう。行ったことのない場所だったが、地下鉄の路線図で東西線の駅だということはわかった。十時に部屋を出たのでは間に合わない。九時では早過ぎる。

支度を終えたのは九時五分過ぎだった。二十分、さらに部屋の中でうろうろと過ごしてから、弘美は玄関を出た。

電車が東陽町のホームに滑り込んだ時、腕時計は十時十分をさしていた。

指定されたのは木場方向、つまり弘美が乗って来たのとは反対側のホームのいちばん後ろだ。弘美は一度階段を上がってコンコースに出ると、反対側のホームへと移動した。

千葉方面に向かう電車はほぼ満員だったのに、反対側のホームに到着する電車はがらがらに空いていた。弘美は立ったままで、電車から降りた人々が改札へと上がって行くのを眺めていた。約束の時間まであと十五分と少し。

電車から降りる人が少ないので、あっという間にホームは人影がなくなってしまう。反対側のホームにまた電車が到着した。今度もぎっしりと人が詰め込まれていて、この駅でもかなりの人が降りた。驚いたことに、外国人の姿がとても多い。そう言えばテレビの報道番組で、江東区や墨田区などに外国人労働者が多く住むようになったことを特集していたのを思い出す。そうだ、この駅のある東陽町も確か、江東区だった。

次の電車が弘美のいるホームに入って来る案内があった。表示ランプが点く。反対側のホームで、電車から降りた人が躓いた。酔っているのだろうか、なかなか立ち上がれない。そばにいた人が助けようと腕を伸ばすのだが、その酔客は何を勘違いしたのか、怒鳴り声をあげて腕を振り回し始めた。助けようとしていた人が慌ててその場を離れる。ホームにいた人々も、酔っぱらいとかかわり合いになりたくないのか、急ぎ足で消えてしまった。酔った男は何かぶつぶつ言いながら、ふらふらした足取りで歩いて行く。大丈夫かしら。弘美はつい、その男の動向に見とれていた。

耳の奥で電車がホームに近付く音が聞こえていた。酔っぱらいは何とか階段をのぼって姿を消した。弘美はホッとして、電車の風圧から身を守る為に一歩後ろへ下がろうとした。

その瞬間、何かが弘美にぶつかった。

弘美のからだが半回転し、バランスを崩して前のめりに倒れた。悲鳴をあげようとしたが出なかった。自分のからだが転落するのがわかった。耳の中の電車の音が異様に大きく鳴り響いた。

肩に痛みが走った。弘美は目を閉じた。落ちたのだと思った。そして、落ちたら死ぬのだと思った。

からだがふっと浮き上がる感触がした。それから、今度は足に衝撃が走った。左足を下にして、弘美は硬い床に叩き付けられていた。

恐怖で瞼(まぶた)を開けることが出来なかった。

ピーッと甲高い音が鳴り響いている。何かの警戒音か。

ゴゴゴーッと音がして、電車がホームに到着した気配がした。

「大丈夫ですかあっ！」

男の怒鳴り声で目を開けた。制服を着た地下鉄の職員が、蒼白（そうはく）な顔で弘美を覗（のぞ）き込んでいる。

何が起こったんだろう。わたしはどうして、線路に落ちなかったんだろう……

「大丈夫、貧血だ」

弘美が口を開いていないのに、男が代わりに答えた。

「救急車手配しますか」

「いや、俺が送って行く」

あなたは誰？

どうしてわたしの代わりに駅員と話なんかしてるのよ！

男の腕が伸びて来て、弘美のからだを抱くようにして引っ張り上げた。

「さ、行こう。外に出てタクシーを拾うんだ」

「ちょっと……待って下さい。あなたはいったい……」

「説明は後だ。早くタクシーに乗らないと、次の襲撃が来るかも知れない。今度は防ぎ切れるって保証はないぜ、小林弘美さん」

*

弘美は、男から手渡された名刺を、車の窓から入って来る夜の街の明かりに必死にすかして読んだ。

「梶本真二(かじもとしんじ)……調査員って、何の調査なんですか」

梶本は低く笑った。

「そういう名刺を見たことはないのか。それはね、私立探偵の名刺だよ」

「私立探偵！」

弘美は嫌悪で名刺を投げ捨てそうになった。

「どうして、どうして私立探偵なんかがわたしに……」

「おや、その言い方には棘(とげ)があるな。私立探偵なんか、と来たね。探偵は嫌いかい」

「大嫌いです」

弘美は激しく首を横に振った。

「お願い、わたしに構わないで。あなたなのね、昨日からわたしを尾行したり、部屋に入り込んだりしたのは！」

「へえ」

「調査員？」

梶本は感心したような声をあげた。

「尾行されてるのに気づいていたのか。大したもんだな」

「どうしてなんですか？　いったい誰に頼まれて……」

「君を尾行していたわけじゃない」

梶本はまた笑った。

「君を尾行しているやつを尾行していたのさ。今夜もそうだ。別のやつを尾行していたらあの駅に着いた。結果として君を助けることが出来て良かったけどね」

「助ける？」弘美はわざと笑った。「わたし、あなたが突き落としたのだと思っていましたけど」

「だとしたら、君は今、天国にいることになる。ここが天国に見えるというのなら、それが真実なんだろう」

「わたしは目をつぶっていたんですもの……あなたに助けてもらったのかどうか、わかりません」

「なるほどね、実証主義ですか。いい傾向だ。君には探偵の素質があるかも知れない。いずれにしても、男の言葉を鵜のみにしない点は評価出来る」

「馬鹿なことを言わないで。私立探偵なんかには、ぜったいならないわ、わたし」

「どうしてそんなに探偵が嫌いなのかな」

「あなたに説明する義理はありません」

「やれやれ」

梶本は大袈裟に肩をすくめた。

「命を助けてやったのに、随分な言われ方だ」

弘美はその言葉でいくらか冷静になった。状況から考えて、梶本が弘美の転落を食い止めてくれたのはまず間違いなさそうだ。あの時、肩に感じた痛みは、梶本が弘美の肩を摑んだせいだろう。

「すみませんでした」

弘美は頭を下げた。

「わたし……何だか頭に血がのぼっていて。助けていただいて、本当にありがとうございました」

「いえいえ、どういたしまして」

梶本もひょこっと頭を下げる。

「まあ、おあいこだから気にしないでください」

「おあいこ？」

「ちょっと君の部屋に入って調べものさせて貰ったからさ。いや、ちゃんと説明して鍵を借りたら良かったんだけど、つい面倒になっちゃってね。何も起こらなければ、君は何も知らないでいた方がいいかな、なんて考えたもんだから」

「それじゃ」弘美の頭にまた怒りが駆けのぼった。「やっぱりあなただったのね、何もかも！」

「何もかも、ってのはどういう意味かわからないけど、君の部屋に入ったことは認めますよ。だけどどうしてわかったの？　絶対にわからないように、細心の注意を払ったんだけどなぁ」

「時計が鳴ったのよ。壁にかかっている時計。わたし、時報のスイッチを入れた憶えがないのに、鳴り出したの。調べてみたらスイッチが入っていたわ」

「なんてこった」

梶本は万歳して笑った。

「俺も間抜けだなぁ。そんなスイッチに知らずに触れていたんだな。いや、確かに時計も調べたけどさ」

「……どうして、なんでわたしの部屋を調べたりしたんですか？」

梶本は、顎で前の席をしゃくった。運転手に聞かれないように小声で、という意味だろう。梶本が身をかがめたので、弘美も梶本の口元に耳を近付けた。

「君の部屋が盗聴されてたのさ」

「なんですって！」

弘美は大声を出しそうになって慌てて口に手をあてた。

「どうして……誰がそんなこと」

「昨日、君のあとをつけていた奴だよ、たぶん」

「でも、どうしてあなたにそれがわかったの？」

「これ」

梶本がポケットから、金属の箱をちらっと覗かせた。

「盗聴電波をキャッチする機械。大きな声じゃ言えないけど、盗聴は俺たちも職業上やむをえず行うことがある。まあ、宅配便の駐車禁止違反みたいなもんだ。逆に、誰かの部屋が盗聴されているかどうか調べるのも商売の内なんだ。俺が追っていたやつがね、一週間前に秋葉原で簡単な盗聴装置のキットを買い込んだ。そいつに組み立てられるとは思ってなかったんだけど、そいつにはブレーンがいたんだな、大学の理工学部の学生だ。その男に頼んで組み立てて貰ったんだろう。そしてそれを君の部屋に仕掛けた。俺が見たのは、そいつが君の部屋のドアを合鍵で開けて中に入るところだった。それで俺は昨日の昼間、君が勤めに出ている間に君の部屋に入って、盗聴器を見つけ出した」

梶本は、別のもっと小さな部品をポケットから出して見せた。

「ついでにはずしてやったんだ。でもはずしたのがまずかった……盗聴器を発見されすまない」

「まさか」

「名前は、桑名美夜。浪人生だ……まだ十九歳だよ」

「そいつって……だれ？」

たと知ったそいつは、一気に勝負に出たんだな。俺が軽はずみだったよ……本当に、
弘美は驚きで目眩を感じた。

「まさかそんな若い女の子が……さっき、わたしを……？」

梶本は頷いた。

「若い女の子って言っても体格はいいし、取っ組み合いになったら君を絞め殺すくらいのことは出来るだろうな、あの娘なら」

「いったい……どうしてその人がわたしを……」

「簡単に言えば、復讐の連鎖だな」

梶本が深くため息をついた。悲しそうにさえ見えるほど、眉を寄せている。

「理不尽で、そして救いようがない。だがそれでこそ人間らしいということも言えるんだろうな……誰かを愛するっていうのは、所詮、わがままなんだ。愛している側のわがままだ。桑名美夜は愛していた」

「……誰を？」

「須田恵理子を」

今度は本当に目眩が弘美を襲った。弘美は頭を梶本の肩にもたせかけたまま、気が遠くなって行くのを感じていた。

「しっかりして」

梶本が耳もとで囁いた。

「もうすぐ君のマンションだ」

弘美は目を開けた。知らない内に、涙が溢れて頬を伝っていた。

「須田恵理子の側は、桑名美夜を教え子としてしか見ていなかったんだろう。須田恵理子は、君が潜入して袴田弓枝を殺した犯人を見つけ出そうとした、あのトライ&トライ勉強塾以外にも、浪人生専門の大学受験予備校で教えていた。桑名はそこの生徒なんだ。桑名美夜に同性愛の傾向があることは、彼女の高校時代のクラスメートに聞き込んで確証を得た。それがわかるまでは、まったく違う動機を考えていたんだけどね」

「動機って、何のですか」

梶本は、上着のポケットから折り畳んだ新聞を取り出した。駅売りの夕刊らしいが、必要なページだけ破って持ち歩いているのだろう。

「一カ月近く前になる……警視庁の若い刑事が自宅近くの路上で何ものかにナイフで刺された。死にはしなかったが、背中から刺されて肺に傷がつくほどの重傷だった。夜間で周囲に人通りがなく、目撃者もいない。犯人はまだ捕まっていない。ところでこの刑事だが、勤務していたのは東調布署だ。そう聞いたら君にも心当たりはあるんじゃないかな？」

東調布署。

袴田弓枝の息子と、由嘉里とが眠っていたあの墓地の近く。そして今は、弓枝もまたその墓地の下にいる。

袴田弓枝と岩本一郎の死が偽装心中だと見破った弘美は、トライ&トライに臨時講師として入り込み、須田恵理子が真犯人だと突き止めた。そして恵理子を罠にかけたのだ。その罠に協力してくれたのが東調布署……

弘美は新聞の記事を薄明かりの中で読んだ。刺された刑事の名は伊東勝。そうだ、確かあの時、弘美を襲って殺そうとした須田を取り押さえた刑事の名は伊東。

復讐の連鎖。

そうなのか？

須田恵理子に一方的な思いを寄せていた桑名美夜は、恵理子を殺人犯として逮捕した刑事に復讐した。そして今度は、恵理子が犯人だと突き止め、恵理子を罠にかけて逮捕させたわたしに復讐を……だが須田恵理子はなぜ弓枝を殺したのか。それは岩本一郎の裏切りへの復讐だったのだ。そして弓枝を殺された復讐をわたしがした。そのわたしに、今度は美夜が復讐を……

「嫌！」

弘美は顔を覆った。涙が止まらなかった。

「こんなことって……こんな、理不尽なことなんて……」

「人間だからな」

梶本は肩をすくめた。

「復讐ってのはもっとも人間的な感情だと思うよ……俺だって結局、弟の復讐がしたいだけなのかも知れない」

「弟？」

「うん」梶本は苦笑いした。「岩本一郎は、俺の腹違いの弟になるんだ。俺の親父とおふくろが離婚して、親父の再婚相手が産んだのが一郎だった。弟が死んだ時、心中事件だと耳にしてね、何かおかしいと思ったんだ。俺はこんな商売をしているからね、職業的な勘とでも言うのかな。弟は死ぬ少し前に、すごく好きになった女がいると打ち明けてくれていた。年上で、どうやら過去に結婚していたこともあるようだが、そんなことは気にしないって笑っていたんだ。だから警察の見解は信じられないと思った。実際、警察も心中事件ではない可能性を追っているみたいだったしね。その伊東という刑事が刺された時、俺の勘はまた騒いだ。これはたぶん、偶然じゃない。伊東刑事は、一郎の事件に関連して刺されたんだ……そう思ったんだ。そして君、小林弘美という女のことを思い出した。一郎と弓枝さんが誰かに殺されたと信じ、素人のくせに単身潜入捜査までして真相を突き止めた、小林弘美という名の女性のことを。嫌な予感がした。もし伊東刑事の事件が須田恵理子の為の復讐なのだとしたら、犯人が本当に憎んでいるのは……君だ」

タクシーが停まった。

「お客さん、なんかこの先であったみたいですね」

前方のフロントガラスの奥に、パトカーの赤色灯が見えている。

「事故かな。通行止めになってますよ」

「ここでいいよ。小林さん、降りよう」

梶本は料金を払い、弘美をせかした。

「わたしのマンションだわ！」

弘美は、通行止めになった道路の奥の、人だかりがしている建物を指差した。

「わたしの……何があったの、いったい、何が！」

「行ってみよう」

梶本が弘美の手をとった。弘美は無意識に、その手を強く握り返していた。

建物の玄関前にテープが張られている。警官が立って、野次馬を追い返そうとしていた。

「すみません、ここの住人なんです。何があったんですか？」

弘美は訊いた。だが警官はちょっとテープを持ち上げて、弘美たちに通れと顎で示しただけだった。弘美と梶本はテープの中へと入った。

鑑識課員らしいワーキングウエアの男たちが三人、屈み込んで何かしている。立ったまま管理人と話し込んでいる刑事らしい男。その奥にもまた背広の男。

「管理人さん、どうしたんですか？　何があったんですか」

弘美の声に、管理人が情けない声で言った。

「どうもこうもないよ、小林さん……ああもう、どうしてこんなことになったんだか。三階の辻村さんがね」

管理人は、視線で玄関の階段のあたりを示した。

「そこで刺されたんだよ、たった今さっき」

弘美は、管理人の視線の先へと目をうつした。

エントランスホールに上がる手前の階段に、黒い液体が溜まっていた。

4

弘美は梶本にからだを支えられたまま、呆然とその血溜まりを見つめていた。

「被害者の辻村って人を知ってるかい？」

梶本が耳もとで囁くように訊ねたが、弘美は咄嗟には思い出せずに黙っていた。だが次第に、辻村美樹の顔が目の前に浮かんで来た。

「あの……あの辻村さん……」

「知ってるのか」

「……そんなによくは知りません……でも言葉を交わしたことは何度か。確か大学院の学生さんで……」

「どんな顔してる？」

「どんな……？」

「君に似てるかい？　スタイルは？」

「梶本さん……それって……」

梶本の顔は真剣だった。

「君に似た体型だったり髪型だったりしてたかどうか、教えてほしい」

「つまり……辻村さんはわたしの身替わりで……？」

「その可能性は当然考えざるを得ないよ。実際、君はさっき命を狙われたんだ」

「でも……でも犯人は東陽町の駅にいたのに、こんなに早く……」

「俺たちはタクシーを使った。だが犯人が電車で戻ったとしたら、俺たちより早くここに着けた可能性は充分ある」

弘美の全身が震え出した。

自分が本当に誰かの憎悪の対象になっていると意識することが、これほど恐いものだったとは……

「ともかく部屋に入ろう」

「……警察には……」

「後だ」

弘美は逆らおうとしたが、梶本は弘美の腕を摑むと引っ張るようにしてエレベーターに乗り込んでしまった。

「どうしてすぐに警察に言わないんですか！」

弘美は、部屋に入るなり梶本に向かって怒鳴った。

「狙われたのが本当にわたしなんだとしたら、犯人はわかっているわけでしょう？　その桑名美夜という女の子がやったわけでしょう！」

「もちろん、警察にはちゃんと説明する。だができれば、警察が介入する前に桑名美夜と接触して、自首させたいんだ」

「そんなこと……どうしてあなたが……」

「依頼人の希望なのさ」

梶本は、クッションを尻に敷いて床に座り込んだ。

「……依頼人って、誰なんですか」

「それは言えない」

梶本は小さく首を横に振った。

「守秘義務ってやつだ」

「わ、わたしは殺されそうになったのよ！　その犯人がわかっていてどうして……」

「もちろん、すべてが終わったら説明はさせてもらうつもりです」

梶本は小さなため息をついた。

「君が怒るのも無理はない。だから俺としては、君にお願いするしかない。俺は君の命を、少なくとも一度は助けた。だから一度だけでいい、俺に協力してくれないか。君の安全は俺が守る。絶対に、君を傷つけさせはしないから」

弘美は梶本の正面に座り込んだ。

「守るって……だって、四六時中わたしのそばにいることは、あなた、出来ないでしょう？」

「いるよ」梶本は頷いた。「何もかも終わるまで、君のそばにいます」

「わたし」

弘美は、横座りした自分の足先を見つめた。

「私立探偵は嫌いなんです……どうしても信用出来ないのよ」

「さっきもそんなこと、言ってたね。……理由を話してもらうことは出来ないのかな。いや、無理にとは言わないけど、ただ、俺は俺なりにこの仕事にプライドを持ってるんだ。それを否定されたら、当然、否定する理由を知りたいと思うだろう？」

弘美は、しばらく黙って考えていた。

この梶本という男のことを、完全に信用したわけではない。だが梶本が、自分の仕事にプライドを持っていると言い切ったことに嘘はないという気がした。

「一年前、わたしの親友が死んだの」

弘美は、ゆっくりと話しはじめた。

「最初は自殺だと思われていた。彼女にはご主人がいたんだけど、夫婦仲が今ひとつうまくいってなくて、彼女が離婚を考えていたことは事実でした。その遺体を発見してしまったのはわたしとご主人のふたりだった……だから、ショックは大きかったけれど、理由がまったく納得出来なかったわけではなかったの……ところが、彼女の葬儀も終わってしまってから、その死んでしまった彼女から葉書が届いたんです」

「天国、から？」

弘美は顔をあげて少し笑った。

「そんな、超自然現象について話してるんじゃないの。ただの遅配だったのよ。雨の日に投函（とうかん）されていたんで宛名が滲（にじ）んでいたせいで、同じマンションに住んでる別の小林さんのところに届いてしまった。たまたまその小林さんが旅行中で、帰ってから誤配に気づいてわたしのところに届けてくれたの。だから、投函されてから十日もかかってしまったの。文面は、彼女が死ぬ直前に書いたと思われるもので、どう読んでも、これから自殺する人の文章ではなかった」

「君は疑問を持ったわけだね、その人が自殺したのではないと」

「……でも、自殺でないとしたら……他殺以外にあり得ない状況だったんです」

「なるほど」

梶本は胸のポケットから煙草を取り出した。

「ここ灰皿がないけど、いいかな」

弘美は頷いてキッチンに行き、石鹸(せっけん)置きに使っている陶器の小さな皿を持って来た。

「これにどうぞ。食べ物を載せているわけではないので、構いませんから」

正直なところ煙草の煙は苦手だったので、ついでに窓を開ける。まだマンション前では人が集まって噂話をしているのか、人声のさざめきが風に乗って耳に届く。

「殺人だと証明できる証拠はなかったんです。それでもわたしはどうしても、そのままにしておくことが出来なかった……たとえ犯人がわかったからって彼女が生き返って来るわけではなかったけれど、そのまま自殺とされてしまったのでは、彼女があまりにも可哀想だと思った。それで、彼女のご主人と共に、彼女が死んだ部屋を調べました。もしかしたら警察が見のがした何かが見つかるかも知れないと」

「見つかったわけだ」

「見つかった、とは言えないかも知れない……むしろ、突然の閃きみたいなものだったの……今でも、彼女の……由嘉里の無念さとか悔しさとかが、わたしに気づかせたことだったように思える。ともかく、わたしには真犯人がわかったんです……真犯人は、ご主人の実のお姉さん、つまり彼女の義理のお姉さんだったの」

「そこまでの話だと、君が私立探偵を憎んでいる理由はわからないね」

「憎んでいるんじゃないわ」

弘美は、梶本の顔を見た。

「……信用できないんです。義理のお姉さんがわたしの親友だったその人を殺した理由は、ひとつではなかったと思う……たぶん、普段からたがいのさり気ない言葉で傷つけ合ったりしていて、そうした小さな憎悪の積み重ねも悲劇の要因にはなっていたと思います。でも、直接の動機には、私立探偵が大きく関与しているんです。その義理のお姉さんは、私立探偵に弱味を握られてお金をせびられていました。恐喝されていたんです。そして義理の妹に借金をしていたの……殺害の直接の動機は、離婚を決意したそのわたしの親友が、離婚後の生活のことがあるからお金を返して欲しいと義理のお姉さんに返済をせまったことだったんです」

「私立探偵のすべてが恐喝者になるわけじゃないよ」

「それはわかっています」

弘美は頷いた。

「わかっているんです……でも、嫌悪感は消えない。結局私立探偵の仕事って、人のプライバシーを暴くことじゃないですか。プライバシーを暴いてお金を貰うという行為自体、まともなことにはとても思えない」

「その感覚は理解出来ないこともない。俺だって、もし誰かが探偵を雇って俺のプライバシーを暴こうとしたら嫌悪感をおぼえるだろうからね。でも、私立探偵以外にそんなことが出来るとすれば、それは警察だけだろう？　警察というのは権力を持つ存在だ。権力者の側だけに人の私生活に立ち入る権利を持たせておいて本当にいいんだろうか。俺は、警察に任せられない、だが私生活に立ち入ることがどうしても必要な事態というのも起こるものだと思っているんだが、違うかな」

「わからないわ」

弘美は顔を覆った。

「でも……人の弱味を握る立場になるかも知れない探偵という仕事をさせるのに、何の規制もない今の法律っておかしいんじゃないですか？」

「悪質な同業者の存在を否定するつもりはないよ。確かに、調査結果を悪用して強請(ゆすり)のようなことをやる連中がいるのは知っている。ただ、大部分の私立探偵や調査員はそんなことはしない」

「でも興味はあるでしょう？　私立探偵になる人のみんながみんな、他人の不幸に興味がない、人の私生活を覗き見することに関心がないだなんて、そんなの信じられない」

「それも否定はしない」

　梶本は、少し笑った。

「実際、リストラなんかに遭って会社勤めを辞めたり、サラリーマンに嫌気がさして、なんて理由で調査員になる連中の大半は、私生活の覗き見が出来て高給が貰えそうだ、なんて不埒(ふらち)な理由で調査員という仕事を選ぶんだ。しかも資格はいらないし、勉強もしなくていいみたいに思えるだろうからね。そいつらは探偵という仕事について、テレビドラマなんかで浮気調査の尾行なんかしてる場面しか知らないから、それも仕方ないだろう。だが、この仕事を半年もやれば、他人の私生活を覗き見ることの楽しさなんてものはまるで感じなくなるんだ。むしろ、生理的な嫌悪感に近いものを常に抱えるようになる。……つまりね、人の私生活というのはそれほど、苦しみや悲しみに満ちていることが多く、生臭く、しんどいものなんだよ。それと同時に、調査を依頼して来る人たちがどれほど追い詰められているかも身に染みてわかるようになる。この私立探偵という仕事が、他人の人生に大きく関与する仕事なんだと実感するごとに、覗き見的な興味というのは薄れていくものだし、第一、体力的にも精神的にも相当にきつい仕事だからね、そんなミーハーな興味だけではとても続けてはいかれないのさ」

梶本はゆっくりと煙を吐き出して煙草を消した。

「しかし、君の親友を殺してしまった親友の義理のお姉さん、その人を恐喝した探偵っていうのはちゃんと逮捕されたのかい？」

弘美は唇を噛(か)んで首を横に振った。

「……特定出来なかったんです……その人物を。お姉さんは今、実刑判決を受けて服役中なんですが、警察はもちろん、その探偵の恐喝行為についても捜査はしてくれているんです。でも、問題の探偵事務所というのはどうやら、もともと架空に近い存在だったようで……警察の話では、お姉さんの美貌に目をつけた連中が、最初からお姉さんを罠にはめる目的で近付いたんだろうということでした」

「それならば、本物の私立探偵ではなかった可能性もあるんだな」

「調査報告書の書き方などから、少なくとも探偵の経験はあるだろうということでしたけれど」

「ほんとに嫌な話だな。もし同業者なんだとしたら、俺もゆるせない気持ちだ……」

梶本は天をあおぐような姿勢になって、ため息をついた。

「だが、この商売は確かに誘惑が多い。俺だって本当に金に困ったら、そんな誘惑に負けてしまうかも知れないと思うと、ゾッとするよ」

「梶本さんは、どうして私立探偵に？」

「興味がある？」

「あ、いえ」

弘美はまた下を向いた。

「別に……いいんですけど」

「偉そうに言ってる割には、動機ってのは単純なんだ。学生時代、バイトで金を貯めては世界を放浪するみたいなことばっかりやっててね、人の倍かかってようやく大学を卒業したんだが、その時にはバブルが崩壊していてまともな就職先が見つからなかったんだ。それで、たまたま先輩が勤めていた信用調査会社に誘われてこの業界に入った」

「信用調査会社って、企業の経営状態とか調べるところですよね」

「うん。まあ広い意味での探偵商売だね。情報収集が主な仕事だったが、時には潜入調査まがいのこともやったよ。販売員や営業部員の臨時採用に応募して、一カ月働いて情報を集めるとかさ」

「企業スパイみたいなことも？」

「うちの会社はそうしたことは請け負わなかった。スパイ行為には専門の会社がまたあるんだ。もっとも、産業スパイが専門ですなんてもちろん、看板には書いてないけど」

梶本は笑って、また煙草をくわえた。

「それで四年働いて、同じ会社の上司で気の合っていた人が、独立して探偵社をつくった時に誘われたんだ。その時は何となく、それまでの仕事をそのまま続ければいいんだろうくらいの気持ちでついて行っちゃったんだけど、その人のつくった探偵社は個人客専門、つまり俗に言う私立探偵社ってやつだったんだ。それが今の事務所。やってみて、個人相手と企業相手とがこんなに違うものかって驚いたよ。ま、それも今はかなり慣れたけどね」

「それじゃ、私立探偵としてのキャリアはそんなに長くないわけですね」

「うん、丸四年くらいかな。うちの事務所にはこの道二十年のベテランっていうおっちゃんも登録してるから、そんな人から見たらまるでひよっ子だよ。正直、殺人事件に絡んだ調査っていうのは今回が初めてなんだ。でも今回は、どうしても俺がやらないとならないと思った……ほんとは、個人的に関係のある相手を調査するのはあまりいいことじゃないんだけどね……」

「あなたはさっきタクシーの中で、東調布署の刑事さんが刺された事件が、弓枝さんと岩本さんの事件と繋がっていると職業的勘で思った、そう言ってましたよね？　今あなたのしている調査には、でも、依頼人がいるわけですよね。それって偶然だったんですか？」

「いや」

梶本は煙を吐き出して大きく肩を一度上下させた。

「……俺の方から、依頼人に売り込んだのさ。桑名美夜の存在を探り出してからね」

「弟さんの事件が、お金になると思ったんですか」

梶本は、ふっと笑った。

「きつい言い方だなぁ」

「……すみません。でも……桑名美夜の存在に気づいているのにどうして警察に言わないのかなって……」

「そのことについては、後で必ず説明するよ」

梶本は二本目の煙草を消した。

「君も疲れただろう。シャワーでもあびて休むといい。俺はここにいて、絶対に君の着替えを覗いたりはしないから安心して」

「そんなこと言われても……」

「俺がそばにいると思うと恐くて眠れないかい」

「いえ……あのそれじゃ、奥の部屋に行かせて貰います」

「気持ちは昂(たかぶ)っていると思うけど、出来るだけ寝た方がいいよ。今夜中には決着がつくと思うんだけどね」

「……決着？」

「後で説明する」

梶本はそれだけ言うと、腕組みして目を閉じてしまった。弘美は仕方なくそれ以上の質問は諦めて、洗面所で化粧を落としてから寝室にひきこもった。

5

寝た方がいいと言われても、簡単に眠れるものではなかった。一年前の事件以来常用している睡眠薬を飲んでも、今夜はなかなか効き目があらわれない。梶本が自分をどうにかするとかそうした不安というのはほとんど感じなかったが、梶本がなぜ警察に桑名美夜のことを通報しないのか、それがどうしてもわからず、不安だった。梶本の依頼人とはいったい、誰なのだろう。

桑名美夜は、愛したひとを罪に落としたわたしを憎んでいる。だがわたしだって、大切な友だちだった弓枝を殺した須田恵理子が憎い。桑名美夜がわたしに向ける憎悪は余りにも理不尽な逆恨みなのだ。

だが、憎悪とはたぶん、もともと理不尽な感情なのに違いない。誰かが誰かを憎み、復讐をはたせば、またその行為を別の誰かが憎んで復讐する。そしてまた他の誰かが……憎悪の連鎖は、どこかで憎しみを呑み込み、乗り越えなければいつまで行っても止まることがない。

弘美は、須田恵理子の犯罪を暴いたことについてはまったく後悔していなかった。あのまま無理心中事件にされてしまったのでは、余りにも弓枝が可哀想だった。だが、自分にそれをする資格があったのかどうか、権利があったのかどうかと考えると、口の中で苦い薬が溶けてでもいるように、不快な感覚が全身に広がってしまうのをどうしようもなかった。それは、由嘉里の事件で味わった苦さと同じ種類の苦さだった。自分の心の中にあった、復讐したい、という憎悪の感覚を見つめることの、苦さだった。

ようやく薬が効いて眠りに落ちる寸前、枕元の目覚まし時計は午前〇時四十分過ぎをさしていた。

＊

ぼやけた意識の中に、話声が聞こえて来た。

壁際に寄せられたベッドで眠っているので、居間に使っている隣室の音がよく聞こえる。誰かが喋っている。もちろん、梶本の声だ。……電話？

ベルの音は聞こえなかった。携帯電話かも知れない。意識を集中してみたが、会話の内容まではわからなかった。時計は、午前五時半を示している。薬のおかげで五時間は熟睡出来たのだ。そのおかげで、からだに辛さは残っていなかった。窓の外に目をやってみたが、十月の夜明けはまだもう少し後のようだ。梶本は一晩中起きていたのだろうか。

弘美はベッドを抜け出し、簡単に着替えて洗面所に向かった。

やはり、梶本は携帯電話で話していた。洗面所からは居間が少しだけ見えている。

弘美は顔を洗い、また寝室へと戻った。

もう眠くはなかったが、寝室は狭くてベッドと洋服箪笥にほとんどの空間を占領されていたので、結局またベッドに横たわり、読みかけだった文庫本を手に取った。だが本の内容は丸で頭に入らず、気になるのは随分と長い梶本の電話のことばかりだった。
ようやく話声が聞こえなくなった。電話が終わったらしい。弘美はもう一度、手にしている小説に意識を集中させた。だがすぐに、ドキリとして起き上がった。

確かに、玄関のドアが開く音がした！

弘美は反射的に起き上がって寝室のドアに飛びつくと、ロックボタンを押し込んだ。こんなちゃちな鍵では、少し力のある男になら簡単に壊せる。だがそれでも、抵抗がまったくないよりはましなはずだ……

弘美はドアに寄り掛かってハンドルを摑んだまま、じっと息をこらしていた。五分近くもそうしていただろうか。何の物音も聞こえず、気配すらもないことに気づいて、弘美は自分の思い違いを知った。そうだ……誰かが入って来たのではなく、梶本が出て行ったのだ。

そうわかると、途端に小さな怒りの発作に襲われた。梶本は確かに、ずっとそばにいてくれると言ったのだ。それなのにこんな時間に出て行くなんて！

寝室を出て居間に行ってみると、梶本が座って電話をかけていたあたりに一枚、ちぎったメモ用紙が置いてあった。

「小林弘美様
　決着がつきそうなので、どうしても出かけなくてはならなくなりました。代わりにうちの事務所の探偵をひとり、来させます。羽山(はやま)という男です。三十分以内には到着してくれると思います。それまでは絶対に外出せず、誰が来ても家の中に入れないようにお願いします。もし羽山が来てチャイムを鳴らした時、あなたがまだ熟睡していて起きてくれないようでしたら、羽山は玄関の外で夜明かししますので、朝目覚めてこのメモを読んだら、中に入れてやってください。我々は夜明かしに慣れているので、気づかいは無用です」

　三十分以内に代わりが到着、か。

　弘美は座り込んでそのまま、じっとチャイムが鳴るのを待った。

　三十分もかからずにチャイムが鳴った。弘美は玄関に小走りで出て、すぐにドアを開けた。

「待っていたんです」

　弘美は、立っていた男に言った。

「ひとりぼっちにされて、恐かったわ」

　羽山は瘦身(そうしん)で、背はあまり高くないが、手足が長い男だった。随分と若い感じがする。梶本の部下のような存在なのかも知れない。野球帽を目深にかぶっているので表情があまりわからないが、ひさしからのぞく鼻や口は、よく整っていた。

「どうぞ、中へ」

弘美が促すと、羽山は一礼して中に入った。

「お茶か何か、飲みます？」

「いえ、お構いなく」

羽山の声は思ったよりも高い感じがしたが、風邪でもひいているのか、それとも見かけによらず酒や煙草を大量にたしなむのか、しゃがれていた。

「あなたに事情を伺っても、教えては貰えないんでしょうね」

弘美は二人分のコーヒーを準備しながら、行儀よく正座している羽山に言った。

「どうぞ、楽にしてくださいね。梶本さんも何も説明してくれなかった。それもこれも、依頼人の不利益にならないようにってことなのかしら。でも、本当にわたしが狙われているんだとしたら、もう少し詳しい事情が知りたいと思うのは当然だと、あなたは考えませんか？」

「そうかも知れませんね」

羽山は、足を崩してあぐらをかいた。

「しかし、わたしとしては梶本が言った通りにするしかありませんので」

「たぶん、そうおっしゃると思ったわ。どうぞ、眠気覚ましにかなり濃くしてありますけど」

「有り難いです」

羽山はコーヒーをブラックのまますすった。

「でもこの質問には答えていただけるかしら。桑名美夜という女性は、本当にわたしを憎み、殺そうと思っているんでしょうか」

羽山はしばらく下を向いたままコーヒーをすすっていたが、静かに頷いた。

「……そうだと思います」

「だけど……わたしだって須田恵理子が憎かったのよ!」

弘美は思わず大きな声を出した。

「袴田弓枝さんは、わたしにとって本当に大切な友だちでした。それを……それをあんなふうに殺して、しかも無理心中に見せ掛けるだなんて……あんな、ひどい……」

「須田恵理子も追い詰められていたんですよ、たぶん」

羽山は、その若さには似合わないほど静かな調子で言った。

「岩本一郎との別れは、須田恵理子にとって耐えられないものだった。岩本を殺してしまわなければ気が狂ってしまう。そう、彼女は感じていたんだと思いますよ」

「でも……だからって……」

「無理心中だろうと殺人だろうと、死んだ人間はどんなことをしたって生きかえらないんだ」

　羽山の声がさらに低く、静かになった。

「袴田弓枝にしたところで、殺人の被害者として死のうが無理心中を企てた女として死のうが、どっちだって良かったんじゃないのかな。むしろ、殺人の被害者ということになると可哀想に、気の毒にと同情されるばかりだが、無理心中のあげくに死んだとなれば、女としてその想いを貫徹したんだからそれはそれで幸せだったろう、と言われたかも知れない」

「そんな理屈……」

　弘美は、羽山の言葉に半ば呆然とした。

「だってそれじゃ……弓枝さんを殺した須田恵理子は何の罰も受けずに済むなんて、そんな……」

「誰かに罰を与えるなんてことは、神様以外にしたらいけないんだ……小林弘美、あんたは神様なのか？」

　弘美の背中に恐怖の電流が走った。思わず立ち上がって逃げようとしたが、一瞬早く、羽山の腕が弘美の足首を摑んでいた。弘美はそのまま床に転倒した。コーヒーカップが転がって、あたりに茶色の液体が飛び散り、コーヒーの匂いが居間に充満する。

「余計なお世話だったんだよ」

羽山のからだが弘美の上に覆いかぶさった。

「おまえに須田恵理子を裁く権利なんてなかったんだ」

「け、権利なんて」

弘美は必死で声を出した。

「関係、ないわ！　弓枝さんは、わたしの、親友だった。その人を殺した犯人をわたし、絶対にゆるしたくなかったのよ！」

いきなり頬を張られて、弘美の意識が瞬間遠のいた。往復で何度も平手打ちされて、弘美の全身から力が抜けた。

「おまえが余計なことさえしなければ良かったんだ」

羽山の声はうわずっていた。しゃがれていた声が次第に張りを帯び、作り声から羽山本来の声へと戻って行く。

「おまえのせいで、彼女は遠いところへ連れて行かれてしまった。岩本が死んだのは自業自得なんだ。袴田弓枝だって同じことだ」

弘美の着ていたシャツが引き裂かれた。弾け飛んだボタンが放物線を描いて頭の後ろへと飛んで行くのが、涙で霞(かす)んだ弘美の視界を横切って見えた。

「弓枝さんに……何の罪があったのよ」

弘美はそれでも言葉にするのを止めることが出来なかった。

「彼女はただ……岩本さんを愛しただけよ。どうしてそれだけのことで、殺されないとならなかったのよ……」

剝き出された乳房を鷲摑みにされて、弘美は悲鳴をあげた。だがすぐに、口の中にシャツを突っ込まれて声が出せなくなった。布を吐き出そうと頭を振ったが、いっぱいまで口の中に布を押し込まれてしまい、吐き出そうとすると呼吸が出来なくなった。

「岩本のようなひどい男を愛したんだから、袴田弓枝にだって罪はあったんだ」

羽山はどこまでも冷静だった。

「意識的であれ無意識であれ、袴田弓枝は岩本をあの人から奪った。袴田弓枝は気づいていたはずだ、岩本に他に恋人がいることを。それなのに身をひかなかったってことは、知っていて奪うつもりだったってことだ。そうだろう?」

違う!

弘美は必死で頭を振った。

違う、弓枝さんは身をひくつもりでいたのだ。子供に死なれた過去を持つ自分のような女が、年下で将来のある男と付き合っていることに、彼女は引け目を感じていた。決して、無理にでも岩本を奪おうとしていたわけではない。ただ、岩本が選んだだけなのだ……

乳房が二つとも掴まれ、ひどい痛みが弘美の意識を遠のかせた。まるでちぎり取ろうとでもしているかのように、荒々しく揉み込み、揺すっている。だが奇妙な違和感が弘美の感覚の中に起こっていた。何かが変だ。何が変なんだろう……指！

指が……細い。

弘美は無防備に投げ出していた腕を動かして、自分のからだの上に乗っている羽山のからだを掴んだ。その途端、また殴られた。タイミングが少しずれたのが幸いして、今度の一発はまともには入らなかった。弘美は手足を思いきりばたつかせ、口の中の布を抜き取ると上半身を起こして羽山のからだに掴みかかった。弘美の逆襲に羽山は一瞬たじろいでいたが、すぐに体勢を整えて、今度は拳で弘美の顔を殴った。弘美は弾き飛ばされて床に転がった。口の中が切れて、弘美の唇の間から血が滴り落ちる。

その時、チャイムの音が聞こえた。二度、三度。

弘美は必死で廊下に這い出した。背後から羽山が掴みかかって来たが、弘美の血ですべったのか、弘美の背中に倒れ込んだ。弘美は身をよじって膝をたて、からだを起こして一気に玄関まで廊下を駆けた。

間一髪で、弘美は玄関の鍵をはずした。ドアを開けたと同時に背後の羽山に羽交い締めされたが、その時にはもう、ドアの向こうに立っている男の顔が見えた。男は開いたドアの内側の光景にわずかな間だけあっけに取られていたが、すぐに反応した。飛びかかるように羽山のからだに体当たりして、羽山の細いからだは廊下を飛んだ。

入って来た男が羽山のからだの上に馬乗りになり、その背中で腕を固定するのに一分とはかからなかった。

「何か、何でもいい、手足を拘束出来るものを！」

羽山は暴れていた。弘美は、宅配便に出す荷物に蓋(ふた)をするために玄関の靴箱の上に置いてあった、ガムテープを摑んで男に放った。


「もう大丈夫です」

ガムテープで手足を縛られ、廊下に転がった羽山のからだを跨(また)ぐようにして男が立ち上がった。

「遅くなってしまって、本当に申し訳ない。羽山と言います。梶本さんとチームを組んでいる者です」

本物の羽山は、乱れた呼吸を整えながらポケットから名刺を取り出した。

6

怪我は軽かった。口の中の出血はすぐに止まった。だが、乳房や顎などに残った痛みが、いつまでも消えなかった。

弘美は、濡らしたタオルを顔に押しあてながら啜り泣いていた。身の危険が去ってはじめて、恐怖で堪えられなくなったのだ。

羽山の振りをして弘美を襲った男、いや、女、桑名美夜は、羽山が口の中に押し込んだ錠剤を飲んで、五分ほどで眠ってしまった。

「可哀想だけれど、手足はこのままにしておくしかないですね」

羽山は、桑名美夜のからだを抱き上げて居間に運んだ。弘美が毛布をそのからだにかけてやった。

「油断すると今度は、自殺しようとするかも知れない」

「警察に連絡しますか」

羽山は困ったような顔で弘美を見た。

「こんな日に遭ったんです、あなたは当然、この子を警察に突き出したいと思うでしょう。だができれば、梶本さんが戻るまで待っていただきたいんです。あなたにとっては余りにも図々しいお願いだというのはわかっているんですが」

弘美は頷いた。

今はもう、梶本や羽山たちが「何の為に」今度の調査をしていたのか、理解できていた。

彼らは、桑名美夜の為に、動いていたのだ。

羽山が連絡して、二十分ほどで梶本は戻って来た。夜はすっかり明けて、十月の清々（すがすが）しい朝がはじまっていた。

「大失態です」

部屋に入るなり、梶本は膝をついて床に両手を伸ばし、弘美に向かって土下座した。

「本当に、申し訳ない」

「そんな格好、やめてください」

弘美は思わず笑い出した。

「ともかく、わたしは無事でしたから」

「ガセネタに踊らされたんだ」

弘美がいれた熱い茶をすすりながら、梶本が頭をかいた。

「桑名美夜がどこに潜伏しているのか、美夜のボーイフレンドというか、遊び仲間だった学生からうちの調査員が情報を聞き出して、連絡してよこしたわけです。うちは何しろほら、人手が多くない。羽山をそっちに行かせれば良かったんだが……どうしても、自分で桑名美夜を説得したい、そう考えちゃったもんだから。君が熟睡しているとばかり思っていたんで、羽山には朝まで外で見張らせるつもりだったし」

「わたしが悪かったんです……ちゃんと確かめもしないで、あの人を羽山さんだと勘違いしてドアを開けてしまったから……女の人だとは、思わなくて」

「説明不足でした」

梶本は茶をすすって、また頭を下げた。

「桑名美夜について、もっと君に話しておけばよかった。彼女はいわゆるTG、トランスジェンダーなんです。肉体は女性だが、心は男性だと本人は自覚している。だから須田恵理子に対しての彼女の感情も、本質的な意味では同性愛でなく、男として女を愛しているということなのかも知れない。ただそういうことをうまく説明する自信がなかったし、あくまで個人のプライバシーだと思っていたので、君に話すのは最後でもいいだろうと……」

「あなた方は、桑名美夜さんを助けるために働いていたんですね」

弘美は、自分も茶をすすりながら呟いた。

「でも梶本さん、あなたにとって桑名美夜さんは弟さんの……」

「小林さんは、私立探偵の仕事に嫌悪感をおぼえると言ってましたね」

「ごめんなさい、二度も助けていただいたのに」

「いや、いいんだ。君の言っていたことは別に間違ってはいない。他人の私生活を暴きたてて金をもらうなんて職業は、どう言い繕ってみたところで、きれいな商売とは言えない」

梶本は茶碗を見つめたまま、微笑んだ。

「自分でそれがわかっているから、なおさら今度の仕事をやってみたくなった、そうなのかも知れない。確かに、弟を殺した犯人を愛していた人間に、嫌悪や憎悪を感じなかったと言えば嘘になります。だがね、東調布署の刑事が襲われた事件の報道を読んだ時、それを復讐だと直感した刹那、俺は……表現しようがないほど、悲しかったんだ。憎しみの連鎖をどこかで断ち切ってやらないと、関わった人間がすべて不幸になってしまう、そう思った。そして桑名美夜の存在に突き当たった時、その思いはいっそう強烈になった。まだ二十歳にもならない若い人生を、このままだと彼女……彼は、復讐という醜い色で塗り潰して終わってしまう。何とか、次の犯罪をおかす前に彼女を説得することが出来たら……甘い、と言われても仕方ない。だがそれは本心だった。だから俺は、それを仕事にして貰えるように、依頼人のところへ行ったんだ。自分ひとりの力では桑名美夜を保護して説得するには不安があった。事務所の機動力を使わせてもらうことがどうしても必要だったんだ」

「その依頼人って……」

「もうすぐここに来ます。さっき連絡しておいたから」

梶本の言葉が終わるか終わらないかのタイミングで、チャイムが鳴った。顔をタオルで押さえたままの弘美の代わりに、羽山が玄関に行って来訪者を出迎えた。入って来たのは中年の男女だった。弘美の顔を見て、二人は戸惑った表情のまま頭を下げた。だがすぐに、毛布をかけられて眠っている桑名美夜に気付くと、猛然と駆け寄った。

「美夜……」

男性の方が膝をついて、桑名美夜を見つめた。女性の方は美夜のからだに手を触れて泣き崩れた。

弘美は、今はじめて、梶本の気持ちがわかった。

ここに、桑名美夜のことを誰よりも愛している人たちがいる……美夜の両親が。もし美夜がこれ以上罪を重ねれば、この人たちも巻き込まれてしまうことになったのだ……憎しみの連鎖の中に。

＊

「自首が認められれば、短い刑で済むと思うよ」

梶本は、手にした花束を照れながら弘美に手渡して言った。

「警察官が重傷を負っているから実刑は免れないだろうけれどね。辻村さんの怪我は、思ったほどではなかったみたいだし」

「管理人さんが昨日、お見舞いに行ったんですって。もう一週間もしたら退院出来るそうよ……でもわたし、辻村さんに申し訳なくて」

「人違いされたのは君のせいじゃないよ。たまたま、あの晩に君が着ていたのとあまりにもよく似た服を着てたのが不運だった。桑名美夜は地下鉄の駅で君を突き落とすのに失敗して、ひどく興奮した状態でこのマンションにやって来た。頭に血がのぼっていたんだな。だから、背格好も似ていて、服も同じに見えた辻村さんを、よく顔を確かめもせずにいきなり刺してしまった……辻村さんが死ななくて本当に、本当に良かった……」

「わたしに電話して来たのはでも、桑名美夜ではなかったわ。声が違っていました」

「美夜の友人で、盗聴器のキットを組み立ててやったりしていた奴なんだ。学生さ。面白いものでね、一見すれば男性にしか見えない美夜に中性的な魅力を感じていたらしくて、美夜を追い掛けまわし、美夜の頼みは何でもきいてやっていたみたいだよ」

弘美は、電話であの男が言った言葉を思い出していた。

弓枝の息子の形見。あの金色の指輪。

「指輪は……あったのかしら。それともあれは全部、嘘だったのかしら……」

「指輪？」

梶本が聞き返したが、弘美は答えなかった。いつの日か、桑名美夜が自由の身になった時、彼女に直接訊いてみたい気がしたのだ。そして彼女に頼みたかった。あの指輪を弓枝さんに返してあげてください、と。

「それはそうと、君にひとつお願いがあるんです」

梶本は急にあらたまった顔になった。

「君をあんなひどい目に遭わせてしまったお詫びに、君の親友を殺してしまったお姉さんを罠にはめた同業者を突き止める仕事を、俺にやらせて欲しいんだ。もちろん費用なんかいらない。ただ、その依頼を俺の事務所にしてくれないかな。仕事として依頼があれば、事務所全体で動くことが出来るから。うちの所長も、君に迷惑をかけた償（つぐな）いをしたいと言ってるんだ」

弘美は、梶本から手渡された花束にじっと視線を注いでいた。トルコ桔梗（ききょう）や黄色い小菊などが組み合わされた秋の花束は、上品でそれでいてとても華やいでいる。

弘美は、花束を胸に抱いたままで、そっと言った。

「……わたしの手で……わたしの足で、つきとめることは出来ないかしら」

梶本が驚いた顔になった。

「小林さん、でも、君の力だけでは……」

「あなたに教えてもらって……助けてもらって……無理かしら」

「どうして、そうしたいの？」

そうしなければ、わたしが巻き込まれているもうひとつの憎しみの連鎖は終わらない。弘美は、そう思った。その連鎖から抜け出さなくては、薬無しで眠れる夜は決して、やって来ない。

弘美は梶本に向かって微笑み、そして頭を下げた。

「よろしくお願いします」

顔を上げた拍子にこぼれた涙が、少し、恥ずかしかった。

紫陽花輪舞（あじさいロンド）

1

「だけど、本当に残念だわ」

お世辞ではなく残念そうな顔で、高原聖子が言った。

「せっかく雑誌も販売が好調で、これから長くお付き合いして行けると思っていたのに、もうお別れだなんて。翻訳の仕事、本当に辞めてしまうの？」

「二股がかけられるほど器用でないことは、自分がいちばんよく知っていますから」

「でもねぇ……私立探偵事務所って、そんなにお給料がいいの？　あなたの実力だったら、いくら仕事が少なくなっているとは言っても、翻訳で充分生活していけると思うんだけどなぁ。まあ確かにね、自営業は保障がないから、わたしみたいに給料をもらって社会保険もついてる身では、わからないこともいろいろあるんでしょうけど」

「わたしひとりが食べていくだけなら、翻訳の仕事でもなんとかなったとは思います。もともとこの仕事は好きでしたし。でも、やりかけたことは最後まで、きちんとやってみたいんです」

「やりかけたことって」

高原は、コーヒーのカップを宙に浮かせたまま小声になった。

「あの、あなたの友達が義理のお姉さんに殺されたっていう一件のこと？」

弘美は頷（うなず）いた。高原は眉を少し寄せた。

「……おせっかいなものの言い方になっちゃうのは承知してるんだけど……でも、あの事件はもう終わったこととして心の整理をつけた方がいいんじゃないかなと思うのよ……少なくとも、あなたは。もちろん、あなたが犯人を指摘してしまったという事実は重いことだけど、でもね、事件を起こした責任はやっぱり犯人にあるわけでしょう？　その点に関してあなたが何かひけ目を感じたり、罪の意識を持ってしまうというのは、違うと思うのよ」

「罪の意識を持っている、というのとは少し違うんです」

弘美はスプーンで紅茶に浮かんだレモンをすくいとった。

「あの事件は、まだ終わっていない。犯人となってしまった女性を追い詰めた張本人たちが捕まって裁きを受けるまでは終わりません。けれど、警察の捜査は結局進展しないままなんです。その者たちが犯した罪は、小さなものだと警察は考えています。しかも被害者が刑務所に入ってしまっているわけですから、捜査が進まないのも当然なんです。そうこうしている内に、すぐに時効が成立してしまいます。それだけはゆるせないんです、それだけは。わたしに出来ることがあるとすれば、警察が本気になってくれない犯人たちを探す作業を手伝うことだと思ったんです。幸い、わたしを支えてくれるプロの調査員と知り合いになり、その人のいる事務所で仕事もさせてもらえるようになりました。それもきっと、運命のようなものがわたしにそれをしろと命じているからだと感じています」

「気持ちはわかるような気がするんだけど……でも、危険はないの？」

「わかりません」

弘美は笑顔をつくった。

「あるかも知れません。わたしが探し出したいと思っている人間たちが暴力団などの関係者である可能性は高いと、事務所の調査員たちも言っています。けれど、まだ目の前に姿をあらわしてもいない危険を恐れて近付かないのでは、永遠にわたしの気持ちが晴れることはありませんから。もちろんわたしも恐いんですよ。恐いから、プロの人たちと一緒にやるんです。いよいよ危険が具体化して見えて来たら、そこからは警察に任せます」

「本当に、それだけは守ってちょうだいね。危ないことだけはしないで。そして、目的を無事に達したら、またこの業界に帰って来て一緒に雑誌をつくりましょう」

弘美は、高原の差し出した手を握った。そしてその掌の温かさを確かめながら、自分はたぶんもう、この人と仕事をすることはないだろうな、と思った。翻訳を生業(なりわい)にして生活する日々は、来ないだろう。目的を達するということは、自分が一人前の私立探偵になる、ということなのだから。

*

「いよいよだね」

所長の川村壮一(かわむらそういち)が、一時間前に高原がしてくれたのと同じように、弘美の手をしっかりと握った。

「大変だと思うけど、頑張ってやって行きましょう」

「よろしくお願いします」

弘美は頭を下げ、弘美のために用意された机にショルダーバッグを置いた。といっても、それは調査員用の机ではなく、事務員用の机だった。最初は事務要員として働いて、まずは業界について知る。それから調査員の助手になって仕事をおぼえる。それが、盟友となった梶本真二が決めた弘美のためのプログラムだった。弘美がものごとを理詰めで考えるのを好むということを考慮に入れて、ともかく業界の全容を早く摑(つか)んでしまった方がいいだろうと判断してくれたのだ。

「うちとしても、期待してるんです」

「そんな、まったくの素人(しろうと)ですから」

「いや、あなたはすでに、大きな事件を二つ解決している。大変に勘の鋭い人だと梶本も言っていた。うちの事務所は現在、女性の調査員が手不足なんです。正規の社員としてはひとりしかいなくて、女性調査員が必要な時は他の事務所から借りてなんとか凌(しの)いでいる。でもね、これからの時代、それでは探偵社として生き残っていけない。日本でも、近い将来は私立探偵に認可制度を設ける方向に行くことは間違いないでしょう。その前の駆け込みで、今、私立探偵社は急増しています。しかし調査員の質を飛躍的に向上させるマニュアルというのは、あるようでない。結局は資質なんです。判断力と忍耐力、それに、洞察力。梶本は、あなたにはその資質があると太鼓判を押していますよ。あいつはまだ若いが、うちの事務所でももっとも優秀な調査員のひとりです。その男が手放しでほめているのだから、はずれっこないとわたしは思っています」

　川村の期待は嬉しかった。少なくとも、この事務所でやっかい者と考えられていると思うよりは気が楽になる。だが梶本が川村に、過大評価して話してくれているのだということは、弘美自身、よくわかっていた。そうでもしなければ川村にしたところで、何の経験も特技もない弘美を、女性調査員にする為に引き受けるなどという面倒なことを承諾はしなかっただろう。ともかく、梶本の売り込みがどれほど大袈裟なものであったとしても、それを嘘にしない為にはやれるだけのことをやるしかない。

弘美がアルバイトの女性事務員に細々とした仕事の説明を受けている間に、梶本が出勤して来た。意外だったことに、ビジネススーツを着てきちんとネクタイまで締めていた。昨年の十月に梶本とはじめて会って以来、何度か食事をしたことはあったが、いつもカジュアルな服装で来ていたので、調査員という仕事でビジネススーツを着ることがあるとは思っていなかった。

「お、今日からか」

梶本はカレンダーを見た。

「そうか、もう六月なんだなぁ。早いものだね」

梶本はコンビニの袋から缶コーヒーとサンドイッチを取り出した。

「君も食べる？　朝飯」

「出かける前に食べて来ましたから。今頃ですか、遅いんですね」

「今朝はひと仕事して来たんだ、もう」

「ひと仕事？」

「尾行の手伝い。東京にも私立探偵事務所がやたらと増えたけど、どこもふだんからそんなに調査員をおいてるわけじゃないんだ。調査員の人件費は高いからね、仕事がないのに遊ばせておいたら事務所はすぐ左前になっちゃう。だから人手が必要な調査が入ると、他の事務所から人を借りることがよくあるんだよ。もちろん、調査の肝心な部分はよそものに任せるわけにはいかないけど、尾行の手伝いくらいだったら問題ないからね。テレビドラマや小説では私立探偵がひとりでターゲットを尾行する場面がよく出て来るけど、実際の調査では尾行をひとりでやることは滅多にない。突発的に尾行が必要になった場合でも、必ず応援を頼むんだ。今朝はその応援で、ターゲットの出勤に合わせて地下鉄に乗ってた」

「だからビジネススーツなんですね。珍しいなって思っていたんです」

「通勤時間帯に地下鉄に乗るならこれがいちばん目立たないからね。こんな格好もしょっちゅうするんだよ、俺たちは。他にも、ＴＰＯに合わせてファッションモデル並に着替えてばっかりだ」

梶本は笑って肩をすくめた。

「つくづく思うんだが、社会生活を営むってことは、個性をいかにして最大公約数に合わせるかってことなんだよな。着ているものが変わっただけで別人として認識されてしまうってことはつまり、中身の個性というのは、一般的な社会ではあまり問題にされないってことなんだよ。本当は大泥棒だって、この格好で朝の地下鉄に乗れば世間はサラリーマンだと思ってくれる。こんな仕事をしていて、そうやって没個性を日常化してみるとさ、自分っていったい何なんだ？　なんて哲学的なことをふっと考えたりするもんだ。もっとも、ぼーっとものなんか考えてたらターゲットを見失うから、仕事中はできるだけ余計なことは考えないようにしてるけどね」

「朝の通勤から尾行だなんて、どんな調査だったんですか？」

「詳しいことは聞いてない。そういうもんなんだ、助っ人は知り過ぎない方がいいのさ。この仕事には守秘義務ってもんがついててね、同業者間であっても、仕事の上で知った顧客の秘密についてべらべら喋(しゃべ)るのは御法度(ごはっと)だ。だから助っ人に駆り出された時も、説明は最小限で我慢するようにしてる。今朝の調査も、ターゲットが会社の金を横領した疑いがある人物だってことしか知らない。俺は、決められた分担の区域をしっかりターゲットのあとについて行き、分担区域が終わったら後続の調査員と確実に連絡をとってターゲットを引き継ぐ。分担区域内でターゲットが通勤以外の行動に出たら、即座にリーダーに連絡し、指示を仰ぐ。それだけで満足しなくちゃいけないんだ。余計な好奇心を起こしたり、リーダーが把握できない行動をとったりすることは絶対、タブーだ。ね、ドラマの私立探偵とはずいぶん違う雰囲気だろ？」

「そうですね。私立探偵って、もっとアウトローな感じのお仕事かと思ってました」

「実際、アウトローな連中というのがまったくいないわけじゃない。資格も登録もいらない商売だけに、一匹狼の探偵というのも存在はしているし、事務所ごとアウトローな連中だっている。つまり、法律に違反するような調査でもかまわずに引き受ける連中だね。そういう連中の中には、探偵業というよりは復讐屋だとかわかれさせ屋だとか、目的と手段が逆転しちゃったような商売に流れる連中も多いらしい。それから、なんでも屋ってのもいる。なんでも屋も急増してるけど、実はうちの事務所もなんでも屋にはお世話になってるんだ、たまにね」

「どういったことで?」

「いちばん多いのはアルバイトの調査員を調達する時かな。技術はいらない、人手だけたくさん欲しいっていう場合に、なんでも屋からバイトの学生を借りて来る。それから、行方不明のペット、犬だの猫だのを探してくれなんて依頼の時にもなんでも屋に下請けに出すことがある。うちは通常は猫探しだの犬探しは引き受けないんだけど、前に他の件で依頼してくれた人だとか、会社なんかで継続的調査を引き受けているお得意さんに頼まれた場合とかには、断りきれないこともあるからね。これまでいちばん往生したのが、逃げたインコを探してくれっていう依頼だった。所長の知り合いから来た依頼で断れなかったんだけど、野良猫やカラスに襲われる可能性が高いから、なんとしてでも数日で見つけてくれって泣きつかれて、他の仕事も棚あげしてインコ探しだよ、全員で。バイトも山ほど動員して大騒ぎだった」

「みつかったんですか」

「うん」

　梶本はサンドイッチを二パック、話しながら平らげて、豪快に缶コーヒーを一気飲みした。

「まあ、人に飼われていた鳥だしインコは頭がいいから、いずれ人間の近くに戻るだろうと予測してね、逃げたマンションからいちばん近い公園を集中的に探したんだ。そのインコの大好物だったひまわりの種を水飲み場の近くにどっさり置いて待った。他の雀だとか鳩を追い払うのが大変だったよ。二日目の夕方に、ようやく姿を見せたインコに一斉に網をかぶせて一件落着。だけど、人員をたくさん使ったんで、依頼人への請求額は恐ろしいものになってたけどね。まあそれは最初に説明してあったから、依頼人もにこにこ払ってくれたけど」

「いろんな仕事があるんですね、私立探偵って」

「警察やお役所が引き受けない仕事なら、どんなものでも私立探偵の仕事になる可能性があると思って間違いないよ。しかしもちろん、本道は人探しや素行調査、様々な民事トラブルを解決する為の調査だ。特にうちの事務所は、二つの弁護士事務所と契約していて、裁判の為に調査をすることも多い。数は多くないが、刑事事件に絡んだ調査も行う。所長が君に期待しているのも、君が実際に、二つの大きな刑事事件を解決したっていう点にだと思う」

「わたし……そんな期待に応えられるのかどうか、正直言って自信がないです。梶本さん、わたしをここに入れてくれるために持ち上げてくださったのはとてもありがたいと思っているんですけど……」

「多少大袈裟に宣伝したってことは認めるよ」

梶本は笑いながら、煙草に火をつけた。

「いくら女性調査員を補充したいとは言っても、ずぶの素人を雇って育ててやれるだけの余裕はまだ、この事務所にはないからね。今は私立探偵になるための通信教育だとか専門学校まである時代だ、昔みたいに、何も知らずにこの世界に入って自分でやり方を開発して行くタイプの探偵は減ってる。大手の信用調査事務所などで勤めた経験があるか、警察にいたことがあるか、まあ何がしかの業界前歴がある人間の方が即戦力になる。でも、過大評価ばかりってわけじゃないんだ。俺は俺なりに君を見ていて、この仕事に向いているんじゃないかと思った。それは本当のことだ。そうでなければ、いくら君が自分の手で、親友が殺される間接的原因を作った連中を見つけ出したいと言ったからって、探偵になれなんて勧めないよ。君は自信を持っていい。ただひとつ、確認しておきたいことがあるんだけど。君は、君の当面の目的を達成したら、また翻訳の仕事に戻るつもりでいるの？」

弘美は、梶本の目をしっかりと見て、首を横に振った。

「この仕事で使い物にならなかったらそれもあるかも知れません。でも、つもりとしては、この仕事をとことんまでやってみようと思っています。だからこの半年ちょっとかけて考えて出した、それが結論なんです。幸い、継続していた仕事についてもわたしの後釜の人が見つかりましたし、もともとフリーでしたから仕事を辞めても誰かに迷惑をかけることもありません。やるからには、一人前になったと言われるまではやってみたい」

「それを聞いて安心した」

梶本は、コーヒーの缶を乾杯でもするように、弘美の机の上にあった湯のみ茶碗にかちんと打ちつけた。

「この仕事は、腰掛けでできるほど甘い仕事じゃない。技術的なことや体力的なこともそうだけど、何より精神的にしんどいんだ。逆に言うとね、この仕事に慣れるということは、心のどこかがひどく鈍感になるってことなんだと思う。それを覚悟した上でこの世界に入るからには、いつでも元の世界に帰れるって考えだけは捨ててもらいたかった」

「あら、梶本さん」

部屋に入って来た大柄な女性が片手をあげた。

「その方が、小林弘美さん？」

弘美は慌てて立ち上がって頭を下げた。

「小林です、今日からお世話になります」

「この人が、うちの唯一の女性調査員、東城慧奈さん」

「よろしく」

東城慧奈が差し出した腕がとても長くて日本人離れしているのに、弘美は少し驚いた。腕だけではなく脚も長い。

「よろしくお願いします」

「ちょうど良かったわ」

慧奈は握手で握った弘美の手をそのまま引っ張った。

「ね、ちょっとこっちに来てくれる？　相談があるのよ」

2

無茶だ、と弘美は思った。だが慧奈は強引で、しかもその言葉はとても明快で論理的だったので、結局、所長の川村は頷いてしまった。

慧奈に手をひかれて事務所の会議室に入ってから三十分後にはもう、弘美は慧奈の運転する車で隅田川を渡っていた。

「もう一度説明しとくけど、仕事は中学生の女の子の尾行。と言っても、その子は不良でもなんでもなくて、自宅から徒歩十分のところにある公立中学から、クラブ活動が終わるとまっすぐ帰って来るような子なの」

「でも、自殺をほのめかすような言動があったからご両親が心配して尾行を依頼した、んですよね」

弘美は頭に叩(たた)き込むように繰り返した。

「でもこの二週間で、それらしい行動をとったことは一度もない、と」

「そう。学校での成績は中の上、ってとこだから、まあごく普通の子だわよね。クラブは軽音楽部に入ってて、部員仲間とバンドを組んでる。パートはキーボード、小さい時からピアノを習っていた女の子にありがちよね」

慧奈はふふっと笑った。

「ロック系じゃなくて、ポップスというか、おとなしい曲を中心にやっているみたい。クラブ活動はほぼ毎日で午後五時半まで、運動部の子たちみたいに着替えとかはないから、六時前には学校を出る。帰宅が六時半より遅くなったことはないって言うから、今どきの子としてはむしろ珍しいくらい真面目よね。学校から家までの途中には小さいけれど繁華街もあって、ハンバーガーショップとかあるのよ。同級生たちはそこにひっかかって七時近くまでうろうろしてるみたいだけど、そういう子たちの仲間に入って買い食いするってことすらなかった。まあ逆に、そういう真面目な子だからこそ思いつめたら恐いっていう親御さんの気持ちはよくわかるの。でもこの二週間で、特に変わった行動というのは一度もなかった」

「でも……わたし、尾行なんて経験ないんです」

「尾行、なんて大袈裟なものじゃないわよ。徒歩十分の距離を一緒に歩くだけなんだから。別にあなたの存在に気づかれてもぜんぜん構わないのよ。あなたはその子の後ろから歩いて行って、その子が家に入ったらそのまま家の前を通り過ぎればいいの。ともかく、今日一回だけのことだから。いつものようにクラブ活動があれば問題なかったんだけど、今日だけは、学校の方で教育関係者の行事があるとかで、クラブ活動なし、生徒は一斉下校ってことになっちゃったらしいの。それも午前中だけで給食もなし。予定表によれば、生徒たちは、十二時半には全員学校から追い出されちゃう。あたしは午後、別件でどうしても尾行しないといけないターゲットを抱えてるでしょ、今日だけは助っ人を頼むしかないと思ってたら、あなたが入ってくれたんで助かったわ。ターゲットが女の子だし、中学生でしょ、うちの男の調査員じゃ、ターゲットの気持ちを想像することが難しい。いつもの通りまっすぐ家に戻ってくれれば何も問題ないけど、ちょっとでも違う行動をとった時、万一の気配を察するのが遅れると恐いな、と考えると、女性じゃないとダメなのよね」

「わたしでわかるんでしょうか……その、万一の気配なんて……」

「あら、あなたはとても勘がいいって梶本さんが言ってたから、その点で適任じゃないかと思ったんだけど」

弘美は運転席の慧奈の顔を見たが、皮肉を言っているという感じではなかった。しっかりしないと。弘美は小さく深呼吸して言った。

「やってみます」

「頼むわね」

慧奈は軽い調子で言った。

「まあ、今日もいつもと同じなんじゃないかと思うけど。実際ね、中学生くらいの女の子が自殺をはかるとしたら、夜中に自分の部屋で、って可能性が高いんじゃないかとは思うのよね。御両親も、夜は特に警戒してくれているみたいだけど。いずれにしても、家の中でのことは我々にはどうしようもないし、契約した時間外のこともどうしようもない。冷たい言い方になっちゃうけど、我々が引き受けた時間帯に自殺をはかったりしないでくれれば、仕事としては問題ないわけ」

確かに、ひどく冷たい言い方だと思った。だがそうやって割り切らなければ、探偵業などやっていられないというのも理解はできる。今、感じている胸の小さな痛みをやがて感じなくなることが、梶本の言っていた「鈍感になる」ということなんだろう。

目的地は森下の近くだった。下町には土地勘がないのでよくわからないが、大江戸線の駅からさほど離れてはいない。慧奈は事務所が調査員に支給している携帯電話を弘美に手渡し、調査対象の少女が通っている中学校のすぐ近くで弘美を車から降ろした。

「その携帯には必要な電話番号が登録されてるから、任務が終わったら事務所のバイトの子とあたしと、両方に必ず連絡してね。あたしの方へはメールで。尾行中は電話には出られないから。ターゲットが家に入るのを見届けたら、連絡を済ませて、そのまま地下鉄で事務所に戻ってくれればいいわ」

弘美は了解して慧奈と別れた。時刻は午前十一時五十分を過ぎたところ。慧奈から預かった、ビニールのケースに入れられたターゲットの写真と、情報の書き込まれたカードを眺める。ターゲットの名前は、加藤七美。十四歳、三年生。この学校では、学年によって制服のブレザーにつけているバッジの色が違うらしい。三年生は緑。まずはそれが目印になる。次は髪型。今どき珍しいお下げ髪がこの少女のトレードマークなのだが、日によってただ結んでいるだけのこともある、とメモされているので、あてにには出来ない。顔だちは、割合にはっきりとしているので少し助かったが、弘美には、正門のところで大勢の生徒と一緒に出て来る加藤七美を一瞬で見分ける自信がなかった。写真は数枚あり、いろいろな角度から撮られていたので、ともかくそれらの一枚一枚を徹底的に目に焼きつけるため、瞬きもしないでしばらく見つめ、頭の中で立体的に組み立て直して実物の少女をイメージした。そうした方法も、車の中で慧奈が教えてくれた。身長は百五十八センチ、今の十四歳としては決して大きいという方ではないだろう。むしろ小柄に見えるかも知れない。体重は四十五キロだから、身長からすると痩せている？　でも中学生だとまだそんなものなのかも知れないし。弘美は自分が中学生の時はどのくらいの体重があったのか思い出そうとした。高校に入った時、同級生と、体重が五十キロを超えたとか超えないとかで騒いだおぼえがあるので、加藤七美より少し重いくらいだったのだろう。身長は同じ百五十八センチ、あの頃から二センチしか伸びていない。そう考えると、目立って痩せているようには見えないはずだ、と思い直す。つまりは中肉中背より少し小柄？　それではあまりにも、特徴がない。

弘美は今さらながら、探偵業の難しさを感じていた。テレビドラマの中の探偵のように、会社を出て来るターゲットを正面玄関のところで、たった一枚の写真をたよりに一目で見分け、気づかれずに長時間尾行するなどということは、ほとんど不可能なのだ。実際、今日のように急な場合でなければ、助っ人として尾行にくわわる時でもできるだけ、ターゲットをビデオに収めた映像を見てから仕事に取りかかると慧奈も言っていた。それほど、写真に写っている人間と、生きて動いている人間とでは落差があるものなのだ。

しかし、ぼやいてもしょうがない。自分はもう川村調査事務所の一員であり、割り振られた仕事をミスせずにこなすことが、自分に課せられた義務なのだ。


十二時をまわると心臓がドクドクと音をたてはじめた。十二時二十分、最初の生徒たちが正門に現れた。と思った途端、まるでひよこの詰まった箱をひっくり返したかのように、賑(にぎ)やかな声をたてながら生徒たちが門を出て来た。予想以上の数だった。一斉下校なのだから当然だが、四百人近い数の生徒たちが、これから十五分くらいの間にここをまとめて通るわけだ。弘美は泣き出したくなりながらも必死で加藤七美の姿を探した。胸のバッジは小さくて、思ったほど役にたたない。かなり近付いて来ないと色がわからないのだ。だが弘美は、慧奈に指示された通りに正門から十メートルほど離れた公衆電話ボックスの中にいたので、そこから出て正門に近付く決心がつかなかった。だが目が慣れて来ると、一年生の姿だけは簡単に見分けられて意識から除外できるようになった。入学して二ヵ月足らずで制服がぴかぴかに新しいことと、どことなく子供っぽい歩き方などとで、見分けられることに気づいたのだ。しかし、二年と三年の見分けはまるで出来ない。

じりじりと時間が過ぎた。もう生徒たちの大半は下校してしまっただろう。あの通り過ぎた少女たちの中にもし加藤七美が混じっていたとしたら、初仕事から大変な失敗だ。

弘美は、本当に滲(にじ)んで来た涙を指先で払い落として、瞼(まぶた)が痛くなるほど目をこらした。見つけなくては。どうしても、加藤七美を見つけなくては！　これが第一歩なのだから。親友だった由嘉里の、本当の意味での敵討(かたきう)ちをするための、大切な第一歩なのだから！

あの娘だ！

出て来る生徒たちが減ってしまった門の前に、とうとう、写真からイメージしていた少女にとてもよく似た少女が現れた。友達らしい数人の少女とからだをぶつけ合うようにして笑いながら電話ボックスの前を通り過ぎて行く。制服の胸に緑色のバッジ。お下げ髪。中肉中背。顔だちも間違いない。

弘美は、慌てて不自然な仕種（しぐさ）にならないよう注意しながら電話ボックスを出て、加藤七美の尾行を、私立探偵としての生活を、スタートした。

3

慧奈が説明してくれた通りに、学校から三分も歩くと商店街の中に入る。繁華街、というほどのものではないが、ビデオとCDのレンタルショップやハンバーガー、ドーナツなどのファーストフード店、ファンシー雑貨の店など、中学生を惹（ひ）きつけそうな店はけっこうある。たぶん学校側は制服のままそうした店に出入りするのを禁じてはいるのだろうが、現実問題として、下校途中にそうした店が並んでいれば入るなという方が無理かも知れない。

その日は給食がなかったためか、前を歩く生徒たちは次々と数名ずつかたまって、飲食店へと消えて行った。男子生徒たちの中にはラーメン屋や定食屋に入ったグループもあるし、ハンバーガーショップには大勢の生徒たちが入り込んで、外からガラス越しにも店内が大混雑になっているのが見えた。今どきの家庭なら夫婦共稼ぎはごく当たり前だろうから、いきなり学校側から、本日は給食はありませんと言われても、家庭で子供のために昼食を用意してやることは難しいだろう。下校途中に飲食店で昼食を済ませてくるのは、家庭でも暗黙の了解になっているのだ。

加藤七美と一緒にいたグループも、クレープとサラダの店、と書かれた看板の前で立ち止まって何やら相談している。すぐに相談がまとまり、生徒たちは中に消えた。が、加藤七美はそこに残って、店に入って行く級友たちに明るく手を振っていた。弘美はほっとした。彼女は寄り道せずに家に戻るつもりなのだ。どうやら、初仕事は十五分足らずで完了するようだ。

七美は商店街を抜け、自宅に向かってひとりで歩き続けた。渡されている簡単な道順によれば、商店街を出たところで左に折れて五分も歩けば加藤家の前に着く。

商店街を抜けて、七美は問題なく左に折れた。弘美にとってははじめて来た場所なのでどれが加藤家なのかわからないが、たぶんもう、視界のどこかに加藤家の玄関先が入っているはずだ。七美の足取りは変わらなかった。弘美は一刻も早く七美が家の中に消えてくれることを祈りながら、歩調を変えないよう注意して歩き続けた。

突然、七美が立ち止まった。弘美は心臓がぎゅっと痛くなったのを、胸を掌で押さえて凌いだ。七美は右手の狭い路地を覗き込むようにしている。

立ち去って。そのまま歩いて早く家の中に入って、お願い！

弘美は心の中で七美に向かって叫んでいた。だが七美は、弘美がいちばんして欲しくなかった行動に出た。

路地へと入り込む。

弘美は迷った。そのまま路地の奥までついて行けば、あとをつけていることがすぐにわかってしまうだろう。どうすればいい？　どうすれば、七美に気づかれないで彼女の後を追える？　携帯で誰かに電話して指示を仰ごうか。でもこんなところで携帯電話で喋ったら目立ってしまう。

弘美はたっぷり一分迷ってから、路地の入口に立って右手を覗いた。路地の先が行き止まりになっていなかった場合には、気づかれるのを覚悟で後を追うしかない。

幸運なことに、そこは袋小路だった。アスファルトで簡易舗装はしてあるが、私道なのは間違いない。弘美は、そのまま行き過ぎて七美が出て来るのを待とう、と、瞬時に思った。だが、足が止まってしまった。

それはとても不思議な光景だった。

袋小路の一角、古びた下町の民家の玄関先に置かれた紫陽花の鉢。見事な大鉢に、丹精こめて手入れされた紫陽花が溢れるばかりの花をつけている。紫陽花は伸びるに任せてしまうと新しい枝先にばかり花がつくので、どんどん背だけ高くなり、下の方は花がつかずに淋しい姿になってしまう。が、この紫陽花はよほど手入れがいいのか、下の方の枝にまで花の毬がいくつもついていた。まだ色づきはじめで淡い水色から薄紫、薄曇りで日が強くさしていないせいで、朝の水やりの時に葉が受けた水滴がまだ、きらきらと輝いたまま真珠の小粒のようにいくつも散っている。

その鉢のかたわらで、少女は踊っていた。何か、歌を口ずさみながら。

軽くツイストするように腰を動かし、両手を上に掲げて、まるで巫女が雨乞いでもしているかのような真剣さで、少女がからだを揺らしている。たったひとりしか踊り手がいないのに、なぜなのか、紫陽花の妖精たちが輪舞を踊っているのを見ているような、華やかななまめかしさがそこにはあった。

十四歳。少女と大人の女との谷間で、彼女は一時、人ではない何か、幻の世界に住む何かに、変わっていた。

弘美は魅せられたように妖精の輪舞を見つめていた。からだを動かすことが出来なかった。

不意に、踊りが止まった。七美の目が弘美の姿をとらえ、そして、瞬きのひとつの後、微笑(ほほえ)みが七美の顔に広がった。それは会釈(えしゃく)に見えた。秘密の舞踏会にまぎれこんだ客に対して、高貴な姫君が与えた会釈だった。

弘美も思わず微笑みを返した。そして歩き出した。七美の会釈には、どうぞそのまま、何も言わずに行ってください、という、絶対的な拒絶が含まれている、と弘美は感じ取っていた。彼女の世界には決して入ることが出来ない。彼女に手を触れられるなどと自惚(うぬぼ)れていたのはどこの誰？

弘美は、ただ運に任せてその場を立ち去るしかなかった。通りを端まで歩き、角に身を隠して少女が路地から出て来るのを待つ以外に、他になすすべがない、と思った。声をかけてしまえば少女の幻は終わり、彼女はまた元の、生真面目で何の問題もないように見えるが、いつ自殺するかわからない十四歳に戻ってしまう。

息をつめ、少女が路地から無事に出て来てくれることだけを切実に願った。あのまま少女が幻想の世界に溶けて消えてしまったとしたら、わたしは何と言って慧奈や事務所に報告したらいいのだろう、いや、何と言って、七美の両親に謝ればいい？

七美は現れた。

何もなかったかのように、校門を出て来た時の、どこにでもいるごくふつうの中学三年生として、また現実の世界に戻って来た。そして、静かに、弘美がからだを隠している曲り角のほんの手前のところで、自分の家に入って行った。ただいま、と明るい声を残して。

仕事は完了した。弘美は我にかえり、事務所と慧奈に連絡した。事務所への電話では、アルバイトの女性がごくろうさまでした、と元気よく返事してくれたが、何も訊ねては来なかった。

慧奈へのメールにはすぐに返事が来た。

『おつかれ。何か変わったことは？』

弘美は、何と返事を打とうか迷った。不馴れな携帯メールでは、とても自分がさっき見た光景のすべては伝えられないだろう。しかし仮に伝えられたとして、それを目の当たりにしていない慧奈にとって「変わったこと」に思えるのだろうか？　梅雨の晴れ間、十四歳の少女が紫陽花の花のそばで歌を口ずさみながら踊っていた。ほんの数分間。それのどこが「変わったこと」なんだろう？

結局弘美は、『寄り道などなし。接触した人物もなし』とだけメールした。慧奈から、業務連絡には余計な挨拶や敬語は不要だからと言われていた。

地下鉄で事務所に戻ると、アルバイトの女性は朝の続きを弘美に教えはじめた。彼女は司法試験合格を目指して夜間に司法試験専門の予備校に通っているのだと言う。探偵事務所でのアルバイトはここがはじめてだったが、丸一年続いていて、けっこう気に入っているようだった。

覚えることはたくさんあって、時間は瞬く間に過ぎた。その日の午後、ほんの二十分足らずの間、探偵として働いたことなど真昼の夢のようで、夕方になる頃には、精算伝票の起こし方だとか請求書のつくり方、協力関係にある探偵事務所との連絡の取り方など、用意した覚え書き用の雑記帳が半分近くも埋まってしまうほど新しい仕事を教えられ、夢中になっていた。五時になってアルバイトが帰っても、弘美はその日に教わったことを再確認しながら精算書の数字を追っていた。

やがて、慧奈が事務所に戻って来た。その日の分の調査報告書を作成する為に、挨拶もそこそこに机に向かう。私立探偵と言えば外に出て動き回っているものとばかり思っていたのに、事務仕事もかなりあるようだ。

一時間ほど、事務所に二人きりで仕事を続けた。やがて慧奈は一段落したのか大きく伸びをしてから席を立ち、弘美のそばに寄った。

「あ、お茶、いれましょうか」

「いいのよ、気をつかわなくて。ここではお茶は自分でいれることになってるって知ってるでしょ。その為に、自販機おいたんだから、コーヒーの。あたしコーヒー飲むけど、あなたも何か飲む？　ついでだから買うわよ」

「あ、いえ、あたしが」

弘美は慌てて財布を出したが、慧奈は笑ってそれを制し、所長の机の上に置いてある、招き猫の貯金箱を手に取った。

「この中にね、所長がコーヒー代をカンパしといてくれるの、いつも。パチンコとか競馬で儲けた時だけだけどね。あたしもtotoでいくらか儲かった時に入れることにしてる。でも入れるのは気にしなくていいのよ。それから、つかうのもね。入ってなければ自分の財布を開ければいいんだから」

招き猫の中から小銭を取り出して、慧奈は部屋の隅に置いてある自販機から紙コップ入りのコーヒーを買った。弘美の好みも訊かれたので、ミルクだけ、砂糖はなし、でお願いします、と答える。慧奈がコップを手にまた弘美の机に戻って来た。

「ところで初仕事、何ごともなくてまずは良かったわね」

「はい……あの、ただ」

「ただ？」

弘美は迷いながら、紫陽花の花の横で七美が踊っていた話をした。

「すみません、メールで報告しなくて」

「そんなこと構わないわよ、だって、自殺に結びつくような行動だったわけじゃないんだから。でも面白いわね、あんな真面目な子がひとりでダンスしてただなんて。まあ、もともとあの子は音楽好きでバンドまでやってるくらいだから、不自然ってほどじゃないけど。それで、どんな歌を歌っていたの？」

「ええ……その曲の題名を思い出そうとずっと考えていたんですけど。確かに聞いたことのあるメロディなんです。でも曲名もアーチスト名も出て来なくて」

弘美は、思い出せる限り正確に、七美が口ずさんでいたメロディを再現した。

「わかった」

慧奈がすぐに反応したので、弘美は驚いた。

「それ、フライング・アクトレスの『ハイドランジア』よ。ああ、だから紫陽花の横で踊ってたわけだ、なるほどね」

「フライング・アクトレスって、ビジュアル系ロックバンドのひとつでしたよね。でも二年くらい前に解散しちゃった……」

「そう。ハイドランジアっていうのは、紫陽花の洋名なのよ。もっとも正確に言えば、日本の紫陽花が一度外国に渡って、そこで改良をくわえられて逆に輸入された園芸品種がハイドランジアなんだけど。ハイドランジアの方が花の色も綺麗(きれい)だし、花つきもいいのよね」

「詳しいんですね」

慧奈はふふっと笑って肩をすくめた。

「こう見えても、フラワーアレンジメントの二級持ってるんだ、あたし。フラワーアーチストが夢で大学時代からせっせと習いに通ったのに、どこでどう間違って私立探偵になんかなっちゃったのか、自分でもびっくりだわ。それはそうと、フライング・アクトレスかぁ。あたしもけっこう、好きだったのよね。さあて、と。今夜はまた遅い時間から張り込みなのよ。お決まりの浮気調査なんでうんざりなんだけどね。じゃ、一度うちに帰って仮眠するから。また明日ね」

4

フライング・アクトレスの『ハイドランジア』。どうしても気になって、帰宅途中でCDショップに寄ってしまった。オリジナルの収録アルバムは見つからなかったが、ベスト盤の中に『ハイドランジア』という曲名があった。

自分の部屋にたどり着いたのが午後十時近くで、それから冷蔵庫の中身を取り出して簡単な夕飯をつくって食べ、シャワーを浴びてベッドに寝転ぶともう、十一時半を過ぎる。初日はやはり、疲れた。予想外に探偵の業務まで初体験してしまったことで、精神的にも疲労した。

読みかけの文庫本を少しだけ読んでから、買ったばかりのCDをポータブルプレイヤーにセットし、ヘッドフォンをつける。イントロでやっと、弘美も思い出した。それはそこそこにヒットした曲で、ある時期、喫茶店などでもよく耳にしたメロディだったのだ。

六月は君の生まれた季節。
そして僕らが出会った季節。
銀色の糸みたいな雨の中で、君は傘をまわし踊っていた……

ビジュアル系バンドによくある、やたらと綺麗な言葉を並べ立てた甘い歌だった。
それでも鼻につく感じがしないのは、メロディがアップテンポで、演奏も歯切れがいいせいだろう。フライング・アクトレスは、演奏テクニックに定評のあるバンドだった。

……

紫陽花は、紫陽花は、すぐに色を変えるから。

君の時間を永遠にとめてしまいたい、今ここで。

六月になって最初の真夜中に、僕は待っている。

君が来るのを待っているから。

忘れないで。

忘れたりしないで。


弘美は、思わずポーズボタンを押した。そしてもう一度はじめから曲を聴いた。


六月になって最初の真夜中に、僕は待っている。

君が来るのを待っているから。


弘美の背筋に悪寒（おかん）が走った。ベッドサイドの目覚まし時計を摑む。午後十一時五十七分。

弘美は転がるようにベッドから降りるとハンドバッグを開き、事務所から支給された携帯を取り出して慧奈の携帯を呼び出した。だが、電話は出ない。留守番サービス。

慧奈の言葉を思い出す。尾行中は電話に出られないからメールで。メール！

『七美が今夜自殺する可能性あり。大至急、連絡要』

弘美はパジャマをむしるように脱いでジーンズを穿き、Tシャツをかぶった。その間に携帯が鳴った。

「どうしたの！　いったいどういうこと？」

「あの曲です、ハイドランジア！　歌詞にあったんです。六月になって最初の真夜中に、待っているって……」

「なんだかわけがわからないわ。でも、七美ってあの加藤七美ね？　あの娘が今夜、自殺するかも知れないのね？」

「はい！」

「それはあなたの勘？」

「……はい」

「そう」

慧奈が息を吐く音が聞こえた。

「わかった。あなたは大至急あの子の家に向かって。あたしは動けないけど、梶本さんに連絡をとって行ってもらうようにする。あの子の親にも電話しておくわ。すぐ向かって！」

弘美は走り出していた。どうやってタクシーを停めたのか、どんなふうに行き先を告げたのかも憶えていない。ただ夢中で、加藤七美の家を目指していた。

見覚えのある商店街から折れてあの道に。魔法の路地を通り過ぎて、加藤家の玄関に。だが道を曲がってすぐに、弘美はたちすくんだ。

くるくると回る赤いランプ。

白い大きな車。

弘美は、叫び声をあげながら走った。

弘美が救急車のそばにたどり着いた時、救急車のハッチが閉まった。

梶本さん……

梶本は、弘美を見ていた。そしてゆっくりと……首を、縦に振って、微笑んだ。

「大丈夫だ……助かるよ。発見が早かったからね。手首の傷は浅いし、出血もそうひどくない」

＊

「なぜ自殺しようとしたのか、天国で待っている僕、が誰だったのか、まだ加藤七美はご両親に話そうとしないんだそうだ」

梶本は、お手上げ、という仕種をして見せた。

「十四歳というのは魔性だね。何を考えているのかさっぱりわからない。七美の周囲で最近死んだ人というのはいないらしいし……」

「具体的な、僕、がいたのかどうかはわからないと思うんです」

弘美は、紙コップのコーヒーを梶本の机の上に置いた。梶本の好みはブラックだ。

「彼女の頭の中でつくりあげられた物語があって、彼女はその物語の最後を、いちばん美しくて悲しい結末にしたかった」

「つまり、何か理由があってというより、自殺するということそのものが目的だったってこと?」

「……わかりませんけど、自分の好きなロックバンドの歌詞に合わせてその日を決めたところからしても、彼女が自分の生の終わりを、ドラマのように演出したかったのだということは想像できます」

「信じられないね、そんなに簡単に自殺を考えるなんて。ご両親にしてみたら耐えられないことだ」

「簡単だとは、言い切れないと思うんですよ……言葉では説明できない焦(あせ)りとか不安とか、苦しみの果てなのかも知れない……梶本さんだって思い出しませんか? 十代って、毎日自分のからだが恐いくらい変化して、何をしていても不安で満足出来なくて……あ、すみません。あたし、想像してばかりでちっとも現実的じゃないですね」

「いや」

梶本の声は、低く、静かだった。

「君のその想像力が、あの子の命を救ったんだ。俺もちょっと考え方を変えないといけないいな。やはり、君をこの仕事に誘ったのは正解だった。君には俺たち、修羅場に慣れて鈍感になってしまった職業探偵にはない、敏感さがある。人の心や仕種に感応する、繊細さがね。この仕事には、それは必要なことなんだ。ともかく、君はひとりの人間を救った。そのことをこれからの仕事の励みにしたらいいと思うよ」

「……救った……そうですね……やっと、救えた」

弘美は、由嘉里の顔を思い出していた。明るく微笑んでいた由嘉里。そして、淋しげな容子の顔も。そして優しかった弓枝の微笑みも。

この仕事で、誰かを救えるとしたら。助けてあげられなかった、間に合わなかったあの人たちの代わりに、何かしてあげられるのだとしたら。

復讐の為ではなく、生きられるのだとしたら。

飛魚の頃

1

高級ホテルのスポーツセンターのロッカールームなど使ったことがなかったので、弘美は戸惑いながら書かれている注意書きに従って、渡された鍵をロッカーの内側に差し込み、ドアを閉めると暗証番号を設定した。四桁(けた)の数字を打ち込んで#を押した。カチッと音がしてロックがかかる。注意書きに忠実にドアを引っ張って、鍵がかかっていることを確かめると、思わず安堵(あんど)のため息が出た。

水着のままで建物の中を歩くのはなんとも恥ずかしい。バスローブが棚に置かれているのを見てホッとする。

プールサイドに出ると、室内プール独特のムッとする熱気が頬にまとわりついた。

平日の午後二時。こんな時間なのに、プールには数人の客が泳いでいる。世の中には、平日の昼間に仕事をしなくても生活して行ける人々がいることを、弘美はあらためて視覚的に理解した。

リラックスチェアにバスローブのまま横たわり、うたた寝をするような振りをしてターゲットを見張る。ターゲットは松村里子（まつむらさとこ）、四十歳の主婦。調査依頼主は夫。調査目的は素行調査、つまり、浮気調査だった。

この仕事を選んだ時に覚悟は決めていたはずだったが、それでも現実に浮気の調査をやってみて、その後味の悪さには辛（つら）い思いをした。そのうち慣れて感覚が麻痺（まひ）するよ、と事務所の先輩調査員には慰（なぐさ）められたが、最初の仕事の結果、判明した妻の浮気に激怒した夫が、一晩中妻を殴って憂（う）さ晴らしした、と報告に来た時には、その夫が引きあげてから涙が出て止まらなかった。浮気調査で浮気が判明した夫婦のほとんどが、二年以内には離婚するとも聞かされた。そしてその最大の原因が、浮気そのものの存在ではなく、素行調査などを依頼した夫なり妻なりに対する相手方の幻滅によるものだという事実も知った。浮気を疑ったからといって探偵を雇うような卑怯（ひきょう）な人間とはもう暮らしていけない、そう言われてしまうわけである。

この仕事の存在意義って、なんなのだろう。

弘美は、それを考えるとまだ踏ん切りのつかない自分を自覚して、憂鬱（ゆううつ）になる。

七

美という少女の自殺未遂を予測して少女の命を救えた時には、私立探偵という仕事でも人を救うことは出来るのだ、と知ってとても嬉しかった。だがそうした喜びを味わえるのは、やはり稀な出来事なのだ。

もちろん、仕事は決して浮気調査ばかりというわけではなかった。考えてもいなかったような種類の調査依頼があって、弘美には驚きの連続だった。

小学生の塾の行き帰りの護衛、ストーカー対策、ひとり暮らしの老齢の母親を三日に一度巡回して欲しいという依頼、ゴミ出しの日を守らない住民を捕まえて欲しいというマンション自治会からの要請。そんなことは私立探偵にではなく、もっと別の機関に頼んだ方がよくはないですか、と言いたくなるようなものもたくさんある。だが事情を聞けば、適当な機関がなかったり、行政に依頼してもまともにとりあって貰えなかったり、人手がなかったり、と、みなそれぞれに理由を抱えて探偵事務所のドアを叩くのだ。

そうした、他の人がやりたがらない仕事を引き受けるのが私立探偵の存在意義なのかな、と思うこともある。だがただの便利屋、なんでも屋ではない以上、そこになにがしかの、私立探偵としてのプライドを持たなくてはならないと、梶本は言うのだ。

私立探偵のプライド、ってなに?

弘美にはまだ、それがわからなかった。特に、こんな典型的な浮気調査をやっている最中には、それがわからなくなる。

弘美がプールサイドに出たのと入れ代わりに、プールから引き上げて行った男がいた。梶本だった。浮気調査に限らず、尾行が必要な仕事は最低でも二人以上の探偵がチームを組み、頻繁に交代してターゲットの目をごまかす。

だが弘美はどうもまだ、ターゲットに見破られないという自信がない。ついつい顔を隠し気味になってしまって、慌ててタオルから顔を離す。尾行の最大のコツは、からだを隠そうとしないこと、なのだ。隠れようとしている人間の動作はどうしても不自然になり、よく目立つ。

今回の調査は弘美と梶本の他に、もうひとり調査員がついていた。路上尾行は数百メートルおきに交代するが、こうして建物の中に入った時には、三十分おきの交代になる。つい、時計の方に目がいってしまう自分に、弘美は心の中で苦笑した。仕事にならない方がいい、変化が起きない方がいいと考えれば考えるほど、とんでもない展開になるものだぞ、と梶本が笑ったのを思い出す。

松村里子はさっきからずっと泳いでいる。

なかなか見事な泳ぎっぷりで、水泳をきちんと習ったことがあるというのは一目でわかった。タイムを競っているわけではないのでゆっくりとしたストロークだが、腕の伸びに従ってすっと水の中をからだが前進する様は、人というよりは人魚のような印象を受ける。きちんと鍛えた泳ぎというのはとても美しいものだった。

松村里子の夫は大学病院に勤務する医師で、収入も容姿も、世間の女性が羨みこそすれ決して馬鹿にするようなものではない。長身瘦軀で四十を超えても三揃えのスーツがぱりっと似合っているような男なのだ。それに引き換え、里子の容姿はまったく人並み、と言うよりも、どちらかと言えばパッとしない部類に入るかも知れない。今、達者に泳いでいる水中の里子は本当に人魚のように活き活きとしているのだが、水からあがれば、中年太り、という言葉がそのままあてはまるしまりのない体型に、手入れをしていないゲジゲジ眉毛とあまり似合っていないソバージュの髪、色白ではあるがシミの浮き出た腕など、女としてマイナスな要素は多々見られる。

よくあるテレビドラマの筋立てならば、こうした夫婦で浮気をするのは夫、調査依頼をするのは妻になるだろうが、世の中というのはそうしたセオリー通りにならないのが不思議なところだった。

ある意味、弘美はそのことには安堵を感じている。

世の中のすべての事柄が、外観の美醜や一面的な価値だけで決まってしまうとしたら、それは余りに淋しいことだと思うからだ。

だが、松村里子が夫の清志の危惧した通りに本当に浮気をしているのだとして、そのことが判明して結局離婚ということになった場合、里子はどうするのだろうか。離婚出来てよかったと思うのか、それとも、浮気などしたことを後悔して悲嘆の涙を流すのか。あれだけ好条件がそろった結婚生活をおくっているのに浮気をする、というのは、いったいどういうことなのだろう？


里子がやっと水からあがった。さすがに少し疲れたのか、物憂気な顔でプールサイドのジャクジーに浸かる。そのタイミングを見て、弘美はバスローブを脱ぎ、プールに入った。三十分、まったく泳がずにいてそのまま出て行ったりすれば、スポーツセンターのスタッフに怪しまれてしまうだろう。

水温が高く、水の切れが悪かった。弘美も水泳は不得意な方ではなかったが、やはり温水プールでは思ったように泳げない。自分のからだの動きを考えると、やはり里子は相当に達者なスイマーなのだ。

クロールで二十五メートルを往復し、弘美は水からあがってまたもとの椅子に戻った。里子はゆっくりとジャクジーに浸かっている。ぼんやりと、広々したガラス張りの向こうの庭園を眺めながら。

このまま調査など忘れて自分もぼんやりしていたい、と、弘美は考える。

翻訳の仕事に追われていた当時、弘美は何度かこうしたホテルに骨休めに来たいと考えた。だがどうしても、ひとりでホテルに泊まる勇気が湧かなかった。弘美は、ひとり旅というのをほとんどしたことのない自分に気づいた。

旅行が嫌いだったわけではない。ただ、誰かに誘われなければひとりでどこかに旅をしようとは考えない性質だった。

なぜなのだろうか、ひとりで暮らすことはまったく平気だったのに、ひとりで旅をすることが何となくおそろしかったのだ。

理由のない恐怖。

人には、理由の説明できないそうした恐怖というのが何かしらあるものなのだろう。

里子がジャクジーからあがった。弘美がそうしているのと同じようにチェアに座り、バスローブを羽織って横たわる。もうじき三十分。中井という助っ人探偵がタオルを肩にかけてプールサイドに姿を見せた。弘美や梶本の事務所とは別の探偵事務所に所属する男だったが、よく助っ人に来てくれている。信用調査会社で十年勤め、個人事務所での探偵歴も七年になるベテランだ。中井はまずプールに入り、盛大に水しぶきをあげて二往復した。それからあがってチェアに座る。それにタイミングを合わせて弘美はプールを出た。

　更衣室で素早く着替え、ロッカールームに座ってターゲットを待つ。ロッカールームの中でも携帯電話は繋がるので、ターゲットが誰かに連絡をとる可能性がある。ご自由にお飲みください、と書かれた給水機から、ミネラルウォーターを紙コップに半分だけとって飲み干した。調査中は水分はできるだけとらないようにと言われている。トイレタイムをとっている余裕がないからだ。だが温水プールに三十分いた後では、さすがに喉が渇いた。

　ロッカールームには他に人がいなかったので、弘美は着替えただけで化粧はせずに待った。こちらの期待通りに十分ほどで里子がプールからひきあげて来た。しかしすぐに着替えず、タオルを替えてスパ施設に入って行く。弘美は追わなかった。スパは全裸でなければ入れず、中ではもちろん携帯電話も使えないので里子が外部と連絡を取り合う心配はない。逆にうっかり深追いしてスパに入り込んでしまうと、狭いところなので顔を憶えられてしまう危険は高いし、万一里子が逃げ出した時、全裸ではすぐに追い掛けられない。

　ただ待っている、という時間はとてつもなく長く感じられた。スパに裏口があって里子に逃げられてしまったらどうしよう、などという考えもちらっと頭をかすめる。

もちろん、そんなものはないことは、ここに入った最初に確認してあるのだが、推理漫画の一コマのように、壁がくるりと裏返って秘密の通路が現れたら、などという馬鹿げた想像をし出すと止まらない。

現実には、浮気調査などで尾行に気づかれることはほとんどなかった。企業スパイが相手だったりすると調査員がまかれてしまうという事態もたまには発生するらしいのだが、ごくふつうの素人は、何人もチームを組んで頻繁に交代しながら尾行している探偵の存在にはまず気づかない。一つには、尾行というものに対するイメージが、テレビドラマや映画の探偵が行うような単独尾行で、振り返ると探偵がさっと建物の陰に隠れる、といったものであることが多いという理由がある。実際には、ターゲットが突然振り返っても調査員は顔色ひとつ変えず歩調も変えずに歩き続け、どこかの店に入るなりターゲットを追い越すなりしてやり過ごし、交代要員の探偵が即座に後を引き継ぐのが普通である。

さらに、そもそも浮気をしている人々というのは、自分が私立探偵に尾行される可能性があるということ自体を想定していないことが圧倒的に多いのだ。夫や妻、恋人などを信頼しているというよりは、甘く見ているのである。自分は相手を裏切っていても、その裏切りを勘付かれることはないという根拠の希薄な思い込み、さらに、裏切っている夫や妻たちは自分よりも頭が悪く勘が鈍い、という思い込みから、まさか自分が探偵に尾行されることになるとはふだんから想像もしていない場合が圧倒的だ。だからいざその事実が明るみに出ると、浮気がばれたことよりも、相手が私立探偵に調査を依頼したことそのものに大きなショックを受けるのである。

　身勝手と言えば言えるだろうが、ある意味ではそうした感覚の方が当たり前なのだろうと弘美は思う。自分の身近な人間が自分の行動を疑い、第三者に調査させるなどということをあらかじめ想定していたのでは、通常の人間関係は成立しなくなる。人と人とが近い距離で生活していくのには、相手が自分の寝首をかかない、という、最低限の信頼が必要なのだ。

　やはり、探偵業というのは、その存在自体、人間関係がすでに崩壊していることを前提としている職業なのかも知れない。

　里子がスパからあがって来た。上気した頬をピンク色に染めて、バスローブ姿でパウダールームに入って行く。弘美も化粧ポーチを摑(つか)んでその後を追う。

　豪華で美しいパウダールームの明るい鏡に向かうと、化粧をすることがなんとなく恥ずかしくなった。いつもは小さな手鏡を相手に化粧をしているので、あまりにも大きく磨(みが)かれた鏡では自分の顔でないようでやりにくい。

　里子はこのスポーツセンターの会員なので、パウダールームに専用の化粧品ロッカーを持っている。そこから基礎化粧品やらメイク用具やらを取り出して鏡の前にずらりと並べ、ほてったからだを冷ましながらゆっくりと化粧を始めた。

このホテルのスポーツセンター会員として登録するには、年間で八十万円が必要である。ホテル宿泊客が正規料金で施設を利用すると一回三千円かかるので、月に二十五回利用すればお得になる計算だが、月に二十五回もスポーツセンターに通いつめる人はそんなにはいないだろうし、それほど根をつめてスポーツがしたいならば、民間のジムなどの方がはるかに会員料金が安い。つまり、ここの年間会員であることは、運動をする、しないにかかわらずひとつのステイタスとなっているわけである。気をつけて見ていると、更衣室でもプールサイドでも里子に挨拶する人々はけっこういるし、親しげに会話をする女性もいた。みな、里子と同じ社会階級に属する人々だ。

浮気が発覚すれば、里子はこの階級に属する特権を失うことになるかも知れない。それでもいいと彼女は考えているのだろうか、それとも、ただ夫を甘く見ているのだろうか。

化粧を終えた里子はロッカールームに戻った。弘美も一度戻るが、すでに着替えは終わっているので、荷物をまとめてロッカールームを先に出る。受付フロントの前にはロビーのようなスペースがあり、軽い飲み物を頼むことが出来る。梶本が新聞を読みながらコーヒーを飲んでいた。

弘美もその近くに腰をおろし、オレンジジュースを注文する。梶本がそれを合図にごく自然な動作で立ち上がり、新聞を戻してフロントでキーを受け取る。やがて里子が現れ、梶本のすぐ後ろからキーを受け取った。だが梶本は靴をはくのにわざと手間取り、その間に里子はさっさとスポーツセンターを後にする。梶本は、特に焦るふうでもなくゆったりとした動作で、適当な距離を保ってその後を追った。

とりあえず弘美はホッとする。里子はスポーツセンターの中から誰かに携帯で連絡してこれから密会する約束を取り付けたわけではなかった。

運ばれて来たオレンジジュースをひとくちだけすすって、弘美もフロントに向かう。次の交代は約三十分後、中井からどこで待機すればいいか携帯メールが入る手はず。

2

「浮気なんて、夫の妄想なんじゃないの」

弘美とは歳の近い若手調査員の市村は、一週間目の調査報告書を斜読みして放り出した。

「これ、シロっぽいよ。このおばさん、毎日なんだかんだと忙しく出て歩いてるけどさ、それらしい連絡ってどこにも入れてる気配がないんでしょ」

「携帯電話は持ってるみたいだけどあまり使わないんですよね。美容院とかエステの予約を入れるか、女友だちとランチの約束するか、そんなもの」

「浮気相手との連絡なら家を出て外でするのがふつうだもの。家の電話を使うと通話記録が残ったりするし。だいたい、あの旦那がこのおばさんの浮気を疑った根拠っていうのがどうも希薄だよ。男があんな細かいこと気にするってのがそもそも気持ち悪いけど」

弘美はもう一度、調査依頼書に目を通した。

松村清志が妻の浮気を疑った理由というのはたくさんあるのだが、市村が言うように、どれも決定的な決め手と呼べるものではない。

最近、里子がカードで服を買う回数が増えた。

ダイエットをはじめた。

ベージュの口紅ばかりだったのが、ローズ系をつけるようになった。

たまに自宅に電話すると留守が多い。

それまで使ったことはなかったはずのオーデトワレをつけるようになった。

自分が深夜に帰宅しても何も文句を言わなくなった。

洗濯をする時、自分のものと清志のものとを分けて洗うようになった。

美容特集の載っている女性雑誌をやたらと買い込むようになった。恋愛がテーマになっている小説を読むようになった。恋愛を描いた連続ドラマを夢中で見るようになった。たまにうわの空でいることが多くなった。時々、思い出し笑いをするようになった。

「どっちかって言うとさ、女房のこんな細かい変化をいちいち気にしてる亭主の方が問題あるんじゃないの、と思うけどね、俺は。わっかんねえよなあ、あの旦那、けっこういい男でそれで大学病院の医者で、車なんかベンツだぜ。女にはいくらだってモテるんだろうし、それに比べたら言っちゃ悪いけどこの奥さん、まあどうでもいいって言うか、少なくとも夢中になって追い回すような女じゃないよね。浮気してようとしてまいと別にいいじゃん、と思うけどなぁ。自分ももっといい女とよろしくやればいいんだしさ」

「プライドの問題じゃないのかな、と思うんです」

弘美は調査報告書を眺めながら言った。

「ご主人としては、自分が条件のいい夫だという自負があるからこそ、そんな自分をないがしろにして他の男に妻が血道をあげているとすれば、それは絶対にゆるせない。

そういうことじゃないかしら」

「所有欲か」

「ありませんか、そういう感覚って。よく言うじゃないですか、世の中のご亭主族は、自分の浮気は一度や二度くらいどうってことないだろうと言うけれど、もし奥さんが浮気していたら絶対にゆるさないって」

「まあ、あるかもな、そういうことも」

　市村は鼻のあたまを指先で掻いた。

「俺はまだ独身だけどさ、カノジョが浮気してるなんて想像するだけで気分悪くなるもんな。でも俺自身は、彼女に会えない時には女の子のいる店で酒飲んだり、ナンパなんかもしてみたいなとか思ったりさ。男ってのはしょうがない動物だよな、実際」

「しょうがない、でゆるされると信じてるとこがいちばんしょうがないんだ」

　市村の背後から、紙コップのコーヒーを持った梶本が言った。

「この商売やってて思うことは、浮気にしたってなんにしたって、男と女に差だとか違いなんてもんはないってことだよ。男が浮気をしたいなら女だって浮気をしたいのは変わらないんだ。だが世の中の大多数の男どもは、そんなことは絶対ない、浮気をする女房なんてのは特殊で、自分の女房はそんなことしない、と無闇に信じている」

「悲しいですねえ」

市村が大袈裟に肩を上下した。

「男の方が純情だってことですか」

「関係ないね」

梶本は皮肉な笑い方をした。

「純情なんて言葉で正当化するのも卑怯な逃げさ。ただ愚かなだけなんだ」

「カジさんだって男でしょ。カジさんは平気なんですか、カノジョが浮気しても」

「カノジョなんていないしこれから先もつくらないから関係ない」

梶本は笑った。

「俺はゲイなんだ。ほんとだぜ」


「……本当なんですか」

弘美は、梶本が部屋から消えてからこっそりと訊いた。

「今、梶本さんが言ったこと」

「どうかなぁ」

市村は本当にわからないらしかった。

「そう言えばあの人、女がいるって話は聞いたことないけど。でもゲイって噂もないしなぁ。ともかくわかんない人なんだよね、私生活については話さないし。仕事はすごく出来るから、同僚としてはそれで充分なわけでさ」

「そうですよね」

弘美は頷いた。

「同僚としては、それがいちばんですものね」

「そういうこと。この仕事、連携プレーになることも多いでしょ、ひとりどんくさいのが混じってると、全部パーになることがあるからね」

弘美の背筋が緊張した。

「……あたし、どんくさいことしてますか」

「いいや、今のところはがんばってると思うよ。でもそれは必ずしもいいことじゃないかも知れない」

「え？」

「つまりさ、失敗ってのは実際にやらかしてみないとどうやったら避けられるかわかるようにはならないってこと。失敗して怒鳴られて何日も肩身の狭い思いをして白い目に耐えて、それで失敗しないようになれるんだと思うんだよね、この商売。なにしろほとんどの事柄がケースバイケースだからさ。ところで前から訊こうと思ってたんだけど、弘美さんって何か目的があって探偵を志願したらしいじゃない。いったいどんな目的なのか教えてくれない？」

　弘美は躊躇（ためら）った。自分が、親友が殺される原因をつくった私立探偵を探していることは、出来ればあまり知られたくない。探してどうするのか、と問われると返事に困るからだった。自分の手で復讐しようと考えているわけではなかったが、探し出したら仇（かたき）をうちたいというのも本心の中には確かにあるのだ。


「あ、いいよ、また今度気が向いた時に教えてくれればさ」

　弘美の表情を読んで市村は慌てて言った。

「それよりこの松村清志の依頼だけど、どうするのかな」

「契約はとりあえず十日でしたね」

「うん。このご亭主、十日あれば必ず浮気のシッポをこちらが捕まえられるって言ってたらしいじゃない。それで何も出ませんでしたって言って納得してくれるのかな。真面目に調査してないいんじゃないかって疑われないかな」

「そういうことを疑う依頼人って多いんですか」

「多いどころか」

　市村は苦笑いした。

「自分が予想していた通りの結果が出なかった場合の依頼人の反応はほとんど二つしかないんだ。予想に反していてよかった、と感謝するか、こちらの調査に問題があったんで自分の予想は絶対だ、と言い張るか、ね。今回のケースは、俺の予感だと後者になるね。松村清志のあの確信ってさ、滑稽なくらいだったもの。こんなどうでもいいような証拠だけでさ」

どうでもいいような証拠。確かに、男性の目からはそう見えるのだろう。だが弘美は、松村清志の観察力の鋭さに恐怖に近いものを感じていた。

服を買い込む。ダイエットをする。化粧を変える。

これらの事柄ははっきりとひとつの方向性を示している。つまり、松村里子は、きれいになりたい、のだ。

女がきれいになりたいと思いつめる時。それはどんな時？

誰か、好きなひとができた時……

それはいったい、誰？

松村里子の日常。夫を送りだした後しばらく家事をして、午前十一時頃から外出することが多い。この一週間で外出しなかったのは月曜日だけ、火曜日は女友だちと代官山で食事をして買い物、水曜日は十時よりスポーツセンター、午後はひとりで自由が丘をぶらついて食事、木曜日はカルチャーセンターでフラワーアレンジメントを習い、昼過ぎからはエステに、金曜日はまたスポーツセンターで泳いで午後は美容院へ。土曜日は夫と共に買い物に出かけ、日曜日は、夫が出勤で里子は午後遅くまで自宅にいた後、デパートに買い物に出かけた。

そして今日、月曜日は、スポーツセンターで泳いでからスーパーで買い物をして帰って後は夫が戻るまで外出していない。

毎日のように外出。だが男性の影はみじんもなかった。携帯電話でデートの約束をしている気配もない。

里子は、誰のために、きれいになろうとしているのだろう？

3

結局、松村清志はこちらの予想通り、妻が浮気をしている証拠は見つからなかったという調査報告には納得しなかった。契約期間は延長され、調査は続行されたが、調査員はどうしてもいまひとつ熱心になり切れない空気を共有してしまっていた。もちろん手を抜くとかいい加減なことをするわけでは決してないのだが、ありもしない浮気を疑われている里子への同情心のようなものが自然と芽生えてしまうのは無理のないところだった。

だが、弘美だけは他の調査員ほどには夫の言い分を否定し切れていなかった。確かに松村清志の妻に対する観察は細かすぎ、自分が里子でもあんなふうにじろじろと観察されながら生活を共にするのはそれだけで苦痛だろうとは思う。しかしそれでも、清志の目のつけどころは決して見当はずれではないと思うのだ。むしろ、女心の的を射ている、という気さえする。少なくとも松村里子は、誰かのためにきれいになろうとしていた。そして実際、里子は尾行を開始してから二週間ほどの間にどんどんと変化しつつあった。服装も少しずつ洗練され、体型もわずかながらしまり、化粧も変わった。女であれば、他の女がそうした変化を見せれば必ず思うだろう。恋をしてるの?

残暑のきつい照り返しの中、今日も里子はスポーツセンターにやって来ていた。ホテルの豪華なシャンデリアの下がるロビーを抜けて、専用エレベーターでセンターまで上がる。タイミングを空けて後をつけたので、弘美が受付を済ませた時には里子はもうプールサイドに出ていて姿が見えなかった。

里子がこのホテルのスポーツセンターに通っていることから、里子を四六時中見張るにはどうしてもスポーツセンターに調査員が自由に出入りできるようにしなくてはならず、仕方なく事務所はスポーツセンターの短期法人会員になった。そのおかげで、三カ月の間は仕事に関係なくここで泳ぐことができる。梶本などは、里子の調査が片付いたらここに通ってからだを鍛えようかなどと言っていた。

弘美も、早く仕事を離れてこんなプールに通うことが出来ればな、と思う。

だが里子の浮気が発覚しなければ、松村清志はいつまでこの調査を続けるつもりでいるのだろうか。妻の浮気を疑って調査を依頼して、その証拠が見つからないからといって見つかるまで調査を続けるというその気持ちが、弘美にはどうしても理解出来ない。いったいそうまでして浮気の証拠を得て、それから松村清志は何をするつもりなのだろう？


弘美の心に突然、その考えが浮かんだ。弘美はほとんど無意識に携帯電話を取り出していた。

「なんだ？」

その日は事務所で連絡係にあたっていた梶本が出た。

「尾行中に余計な電話をして？　突発事態か？」

「あの」

弘美は電話を切ろうかと思ったが、切ることが出来なかった。

「松村清志には、交際している女性がいるんじゃないかと」

梶本は黙っている。

「おかしいと思うんです。あんなに無理して奥さんの不貞を暴こうとするなんて……松村清志は里子さんと離婚して他の女性と結婚したがっているんじゃないですか？　わたしたち、そのための材料を探させられているんじゃないかと」

「それがどうした？」

梶本の声には抑揚がなかった。

「調査に何か影響があるのか？」

「え、影響は……でも、それはフェアではないですよね？　わかっていてそんな仕事をするなんて……松村清志は調査依頼に来た時、自分には落ち度はないと言い張っていたんですよね？　落ち度はないのに妻が不貞をしている可能性があるから調査して欲しいと。それを信じたからこの調査依頼を引き受けたんでしょう、事務所は。でももしわたしが思った通りだとしたら……」

「松村清志にも落ち度があるから調査を断るか？」

梶本は笑っていた。

「俺たちは裁判所じゃないんだ。確かに依頼人が嘘をついていた場合には調査の続行を断る理由にはなる、そういう規約で契約を結んでるからな。だがそれはこちらの調査が依頼人の嘘によっておかしな方向に誘導されたり、犯罪に利用されたりする可能性が出て来た場合の話だ。今回のケースではそのどちらの心配もないだろ？　松村清志に女がいて、離婚したいから妻の方に落ち度がないかと探していたとしてもだ、こちらの調査がそれによって影響を受けることはない。君はターゲットに同性として同情を感じているのだろうが、ターゲットが誰とも不貞を働いていなければ、この調査で夫から無理に離婚される心配はないわけだから、君が心配するようなことじゃない。そして松村清志の言い分通りに里子が浮気していたとすれば、里子の側に明らかな落ち度があるわけだから、それ以上のことは我々が考えても仕方がない」

梶本の声が厳しくなった。

「以上で君の質問についてはすべて終わりと考えていいな？　まだ疑問を感じるようだったら代わりの調査員を派遣するから、君はこの調査からおりてくれ。事務所に戻るんだ」

電話は切れた。

弘美は携帯を防水の小さな袋に入れ、水着に着替えた。

奇妙な脱力感と、梶本の言葉によって自分の中でまたひとつ、何かに決着がついた、そんな気がした。

プールサイドに里子の姿が見当たらなくて一瞬焦ったが、奥まったところにあるミストサウナのドア越しに人影が見えた。プールからはロッカールームを一度通過しないとスパにもパウダールームにも入れないので里子がプールにいることは間違いない。姿が見えないということはミストサウナにいるのだろう。弘美は、ミストサウナのドアがよく見えるチェアにバスタオルをかけて横たわった。

弘美が横たわっているチェアは、プールを監視しているスポーツセンターのトレーナーの事務室にいちばん近いところに置かれていた。いつもは閉まっている事務室の窓が、今日は半分ほど開いていて、中の人々の話声がかすかに漏れ聞こえて来る。泳いでいる人がたてている水音に消されて途切れ途切れになっているが、それでも会話として意味は聞き取ることが出来た。

「言われてみるとそんな気もするけど」

女性トレーナーの声。

「でもほんとかしら。ちょっと想像がつかないよねぇ。確かに泳ぎは素人離れしてるけど、あの体型だもの」

「俺が幼稚園の頃だぜ、あの人が飛魚少女って呼ばれてたの。二十五年も経てば変わるよ、そりゃ」

答えたのはたまに受付のところで耳にする男性トレーナーの声だった。

「俺の母親だって二十五年前はまだ二十七歳だったんだよなあ。俺のカノジョとおない歳だぜ。カノジョも二十五年経つとすっかりおばさんかよと思うと、考えちゃうもんなあ」

「変わるのは女ばかりじゃないわよ。男だって中年になるとお腹がぽっこり出ちゃうじゃん」

「でも女の方が変化が大きいよ。飛魚少女・河本里子があんなおばさんになっちゃってるって知って、俺、けっこうショックだよなあ」


……サトコ？

偶然の一致なのだろうか。飛魚少女……

ミストサウナのドアが開いて里子が出て来た。シャワーで汗を流し、水に入る。泳ぎ出すと、奇跡のように滑らかに里子のからだは水を滑った。見回すと、弘美の他にも里子の泳ぎに注目している客がいるほど、里子の泳ぐ姿は美しかった。

二十五年前の飛魚少女。弘美には記憶がほとんどない。弘美がまだ幼い頃のことだから無理もないのだが。

弘美は携帯を取り出し、今度はメールを打ち込んだ。

『カワモトサトコ、25年前の飛魚少女。Tと同一人物かどうか調査乞』

連絡係の梶本にあてて送信した。

返事が来る前に里子がバスタオルを肩にプールから出て行く。弘美は少し慌てた。いつもよりだいぶ早い。まだ里子がプールサイドに出てから二十分しか経っていない。弘美はもう一本、片手でメールを打ちながら里子の後に続いてプールを出た。弘美とプールサイドで尾行の交代をする予定だった市村にあてて。

『T移動。このまま尾行続行するので、フロント前で交代願う』

ロッカールームに戻ると、里子はいつもの通りスパに入った。と言うことは、体調が悪くなってプールから早くあがったのではなく、いつもより時間を早めてどこかに行くつもりだということか？

スパから戻ってパウダールームに入った里子は、いつものように化粧をはじめた。弘美は背中合わせの鏡の前に座り、鏡の中の里子を観察した。弘美の胸がちりちりと痛み出した。里子の化粧がいつもと違う。口紅の色が濃く、いつもはつけないマスカラも時間をかけてつけ、そして最後にオーデトワレを耳たぶと手首につけている。化粧が終わるとロッカールームで着替えをはじめたが、弘美の懸念は確信に変わった。来た時とは違う服がバッグの中から取り出されたのだ。やわらかな素材のワンピースだが、光沢があり、そしていくらかセクシーなデザインだった。

里子は、誰かと逢（あ）うつもりなのだ。誰か、特別な人間と。

スポーツセンターのフロント前では市村が新聞を読みながら待機していたが、服装が違ったせいで里子には気づかない。里子が目の前を通り過ぎる時になってはじめて市村がからだを起こした。そして、里子の後についていた弘美にちらりと視線をよこした。市村も驚いているのだ。

弘美は椅子にすわり、いつものようにジュースを注文したが、本当はそのまま里子の後をつけて行きたいと思っていた。里子の浮気現場を自分の目で確認したいというよりは、里子がその人の為に美しくなろうとしていたのなら、その人の顔が見たい、そんな気持ちだったのだ。

だが尾行はチームプレー。弘美は時計を睨(にら)んで待った。

五分経った。そろそろ、次の待機先について連絡が入る頃なのだが……

マナーモードが振動した。

『失敗。Tを見失う。アーケード、ビーズの店付近。Tを探せ』

弘美は一瞬メール画面の文面の意味がわからず躊躇(ちゅうちょ)した。それから慌てて立ち上がった。

ホテルのショッピングアーケードは地下にあった。ビーズの店とはどこだろう。案内図を見ると、ヨーロピアン・ビーズアートと書かれた店がアーケードの中央付近にあった。そこまで一気に走り、店の前で呼吸を整えてから店に入る。手作りのビーズアートをあしらったバッグやセーターの店。どの品物も高級品だ。だが品物にはまったく興味はなかった。興味があったのは、その店のいちばん奥にぽっかりと開いた穴だった。その店は、通り抜けができる構造になっていたのだ。

店の向こう側はエレベーターホールとコンビニエンスストアになっていた。調査に入る時に地下にコンビニがあることは確認していたのだが、エレベーターホールの横だったのには気づかなかったし、通り抜けのできる店があることも知らなかった。もう一度ビーズ店の表に出てみると、確かに小さく、エレベーターの文字と→が看板の横に付いている。

弘美の携帯が鳴り出した。

「市村がターゲットを見失ったらしい」

梶本だった。

「はい、今ターゲットが消えたあたりにいます」

「どういうことなんだ?」

「ショッピングアーケードからエレベーターホールに続く近道が、店の中にあったんです。館内案内図でははっきり表示されていないのでわたしも気づきませんでした」

「そんなもんがあったたか」

梶本は舌打ちした。

「そのホテルは老舗で改装を繰り返してるからな。古くからあるホテルは複雑な構造をしてることがけっこうあるんで、ふつうは調査に入る時は見取り図をきっちり作るんだが。俺の失策だ。今回の場合、ターゲットが利用するのはスポーツセンターだと思い込んでいた」

「実際スポーツセンター以外のところに行ったのははじめてですから。ターゲットを探します」

「ターゲットが尾行に気づいた可能性はあると思うか」

「わかりません。それらしいそぶりはなかったんですけど……」

「市村はターゲットが外に出たと思ってる。そのホテルからすぐのところに地下鉄の駅があるからな」

「わたしはどうしたらいいでしょうか」

「うん、市村の応援には二人出したから、君はホテルの中をあたってくれるか？」

「中、ですか」

「盲点だったんじゃないかと思うんだ。ターゲットが尾行に気づいてまいてから外に出たんでなければ、最初からその通路を使ってエレベーターに乗るつもりだったんだろう。だとすれば、客室のどこかにいる可能性が高い」

「つまり……」

「つまり、そのホテルの客室で逢い引きしてるってことだ。フロントにかけ合っても客のプライバシーは教えて貰えない。ターゲットがどの部屋に入ったのか今から調べるのは難しいだろうから、昼飯に期待だ。あと三十分で正午、ターゲットが恋人とホテル内のレストランで飯を食うなら、もう一時間以内には現れるだろう。ま、ルームサービスをとられたら終わりだけどな。ホテルのレストランはランチタイムが決まってる。その時間内になんとか二人を見つけるんだ。それでもだめなら、ロビーで粘ってターゲットが出て来るのを待つしかない。いずれにしても夕飯の支度にかかるまでには現れるだろう。今日はシッポを捕まえられなくても、亭主に報告する材料にはなる」

弘美はもう余計なことは何も考えまい、と思った。里子が本当に浮気をしていたとして、そのことが原因でエリート医師夫人という今の恵まれた居場所を失うことになったとしても、それは彼女の人生の問題であって自分の問題ではない。今の自分にとっては、仕事としてのこの調査を失敗に終わらせないことの方が大切なのだ。そう自分に言い聞かせて、弘美はレストランが集まっているフロアに向かった。

梶本の言っていた通り、どのレストランも午前十一時から二時、または三時までがランチタイムで、それを過ぎると夕方まで閉店し、カフェテリアしか営業しなくなる。

里子がこのホテルで誰かと密会し、昼食を共にするのであれば、その時間帯に姿を見せる可能性がもっとも高い。だがもちろん、本当に浮気であれば、ルームサービスをとって部屋で食事をしてしまう可能性の方がもっと高い。

賭けるしかなかった。弘美は何度も複数のレストランを行き来して中を覗き、友人とはぐれたのでと言い訳を続けて里子の姿を待った。

里子は現れなかった。三時が過ぎ、ランチタイムは終わった。だが里子を発見したという市村からの報告もなかった。

弘美は梶本に言われた通りにロビーに行き、ソファに座って里子が現れるのを待った。

四時半過ぎ、遂に、エレベーターから里子の姿が吐き出された。

弘美は、エレベーターホールから歩いて来る里子の姿を、ごく小さなカメラで撮影した。それだけでは何の証拠にもならないが、それでも里子が四時半までホテルの中にいたことを夫に報告するには充分だった。

『T確認。今、客室からのエレベーターを降り、ロビーへ。単独。着替え済』

そう、里子は着替えていた。また。最初に家を出た時の、仕立てはいいが平凡なデザインのツーピースに。

ただひとつ、朝家を出た時には彼女が身につけていなかったものがその胸元を飾っていた。ビーズを編んで作られた、イルカを模したきらきらと輝くブローチ。

『ホテルの少し先に高木の車。タクシーナンバーを高木に連絡のこと』

すぐに梶本から返信が入る。弘美はホテルを出て行く里子がタクシーに乗り込むところを見届け、タクシー会社と車の番号を高木にあててメールした。後は高木が車で追跡する。だが行き先はわかっていた。自宅だ。もう夕飯の支度をする時刻だから。

弘美はため息をつき、そのまままた、ソファに座り込んだ。

里子は浮気をしている。

彼女の次の密会がいつになるかはわからないが、その日が来たら、今度は確実にシッポを捕まえることができるだろう。なぜなら里子は尾行に気づいてそれをまいたのではなく、ただ単に、あの店で買い物をしたついでに近道をしてエレベーターを使っただけだからだ。

里子は何も勘づいていない。自分の夫が浮気に気づいて探偵を雇ったことなどは、何も。そして市村をはじめ事務所はその威信にかけても、里子の浮気の証拠を集めてあの夫に渡すだろう。里子はもう、逃げられない。

それは私立探偵事務所にとっては、ごくごく日常的な出来事だった。浮気をしている人妻。それを疑う夫。夫もまたよそに女がいるのかも知れない。そして調査報告が出され、一組の夫婦がまた離婚することになる。それだけのことだ。

メールが届いた。梶本からだった。

『Tは自宅に戻るもよう。飛魚少女は本人』

メールの末尾に、携帯メールで見られるHPのURLが添えられていた。

アクセスしてみる。水泳の記録を集めたHPのようだった。

【河本里子。一九六〇年生まれ。十四歳で百メートル自由形、二百メートル自由形の二種目で日本新記録をマーク、飛魚少女として熱狂的な人気を得る。オリンピックでメダルが期待されたが、交通事故に遭い、右腕骨折の後遺症で引退。芸能界入りが取り沙汰(ざた)されたが、芸能界にも入らず、普通の中学生に戻る】

弘美は立ち上がった。

浮気の調査報告などでは、里子の人生に確かにあった飛魚の時間をけがすことは出来ない。里子の心の中には、決して人には壊すことの出来ない輝かしい記憶がある。

飛魚の頃。光に満ち溢れていた青春の日々。
その後の二十五年に何があろうとも、その飛魚の時代の輝きは現実だ。誰にも否定できず、誰にも壊すことの出来ない、現実なのだ。
だから、彼女はきっと、負けない。誰にも、負けない。それを信じる以外に、自分には何も出来ないのだし、何をする権利もない。

ホテルを出て地下鉄で事務所に戻る。残暑がアスファルトを熱して陽炎のように熱気がたちのぼっている。

だらだらと無闇に汗が出て、胸がむかついた。

たったひとつ言えることがあった。

今の自分は、飛魚の頃の輝きを思い出すことの出来ない自分は、里子よりも少しだけ、不幸なのだ。

わたしは探偵になった。
それだけのことだ、と、弘美はもう一度自分に言い聞かせた。

ライヤー

1

金木犀(きんもくせい)だ。

弘美は足を止め、空気の中に濃密に漂っている香りを一度だけ、胸に吸い込んだ。

あれから丸二年。

由嘉里の面影は決して薄れたわけではないけれど、日々に追われている時に思い出すことはほとんどなくなっていた。人が死ぬ、というのはそういうものなのかも知れない。生き残った者にとっては死者は過去でしかない。

それでも、金木犀の香りを嗅(か)いでしまうと、弘美の心は由嘉里と、彼女を殺した女性のことで占められてしまう。

二年が経った今でも、自分のしたことがあれで良かったのか、他に方法はなかったのか、考えはじめるときりがなかった。

どこかで思いきらなくてはいけないと、わかってはいたけれど。

それでも、何もしないでいたわけではない、と、弘美は最近ようやく自分を納得させることが出来るようになっていた。少なくとも、新しい仕事を選んだ時点で、二年前の事件に自らの手で決着をつけることが、人生の目標のひとつになったことは間違いない。

探偵業を始めて四カ月。まだ不馴れなことが多過ぎて、先輩たちには迷惑ばかりかけている。それでも最近では、自分で仕事の流れを予想し、次にどんな行動に出るべきかを考える余裕が少しずつだが出来て来た。事務所のドアを開けるのも、前ほど緊張せずに出来るようになった。


「おはようございます」

挨拶（あいさつ）はしてみたものの、午前十一時半、すでに調査員は出払っている。

「立ち寄りか？　御苦労さん」

所長が新聞から顔を上げて声をかけてくれた。

「今日で終わりだったっけね、１６２番の件は」

「はい、契約は二週間でしたから。これから報告書を作ります」

「よろしく。明日には依頼人が来るから、続行になったらまた弘美ちゃん、責任持ってくれるかな」

「わかりました」

弘美がその朝、事務所に出勤する前にして来た仕事は、とあるマンションの自治会から頼まれた調査で、マンションの敷地内の公園に発生するいたずらの監視だった。毎日、午前十一時頃に就学前の子供を連れた母親たちがその公園に集まるのだが、ある日から子供たちの遊ぶ砂場に生ゴミが捨てられたり、ブランコの座面にケチャップがべったりと塗り付けられているようになって、母親たちからの要請で自治会が依頼に来たわけである。砂場に埋められたのが刃物だったりすれば警察もとりあってくれただろうが、生ゴミでは苦情の受付だけで終わってしまって、おざなりにパトロールをされる程度で埒(らち)が明かないというのである。朝の出勤時間に、住人が出勤がてら見回っている範囲では異常がないことから、犯人は、午前九時から十一時の、公園やマンションの周囲に人気(ひとけ)がなくなる時間帯に悪さをしているらしいと見当が付いていた。

風変わりではあるが、民間の調査事務所ならではの仕事と言えるかも知れない。危険が伴う可能性は薄いということで、弘美がひとりで調査にあたっている。犯人はおそらくマンションの関係者であると思われるため、現場を見つけてもその場で取り押さえたりはせず、証拠写真を撮って自治会に提出する、という契約だった。

しかしこの二週間、まるで自治会が調査を依頼したのを犯人が知ってしまったかのように、悪戯は止んでいた。調査継続を希望するのか、それとも悪戯が止んだということで実際的な成果はあったとし、調査を終了するのか、それは依頼人の気持ちひとつということになる。

弘美は机に向かい、報告書を書きはじめた。

ドアが開き、梶本が姿を見せた。梶本はこのところ連日で徹夜の張り込み調査をしているので、今頃出勤して来る。それでも睡眠時間は四時間もとれていないだろう。疲れた顔をしていた。

「弘美、今日は午後からどうなってる、予定」

「あ、はい」

弘美はスケジュール表を確認した。

「二時に飯田さんの事務所の手伝いに出ます。尾行です。七時頃交代して一度事務所に戻って、九時に152番の件で出かけて、呼び出しがなければそのまま直帰予定です」

「152番ってなんだっけ」

「中学三年生の女の子の、塾帰りの護衛です。加藤さんと組みます」

「何時頃終わる？」

「ターゲットが寄り道しなければ十時には帰宅で終了ですけど」

「からだが空いたら携帯に連絡くれるかな。メールで」

「はい。何かお手伝いすることが？」

「うん、いや、ちょっと……例の件でね」

梶本の目が少し細くなった。

「ひょんなことから、判ったことがあるんだ。じゃ、よろしく」

梶本はそれだけ言うと、所長と打ち合わせすると言って事務所を出て行った。

弘美の心臓が高鳴った。

例の件。それはつまり、由嘉里の事件で、由嘉里を殺してしまった義姉の容子を陥れた連中、私立探偵と名乗ってはいたが、まともな探偵ではないその連中を見つける手がかりがあった、ということ。

弘美は、さっき嗅いだ金木犀の香りを思い出した。敵討ち、と言ってしまうと間違っているのかも知れない。容子の犯した罪は犯した罪として、それを誰かのせいにすることは出来ない。だがその連中が容子を騙してひどい目に遭わせることさえなければ、由嘉里は死なずに済んだかも知れないのだ。少なくとも、その連中だけがあの事件において、罰せられることもなくのうのうとしているのだけは、ゆるせない。犯罪が立証出来るかどうかはわからないが、ともかくどんな奴らなのか、顔だけでも見てやりたい！

それが、弘美がこの仕事を選んだ動機のひとつでもあるのだ。

今夜。梶本は何を摑んだのだろう？

弘美は落ち着かない気分のまま、報告書を片付け、飯田探偵事務所の仕事へと出かけた。

2

飯田探偵事務所の助っ人として尾行の手伝いをするのは今日で三日目。ターゲットは、出口優子という三十二歳の既婚者だった。

妻の昼間の素行を調べる、というのは、浮気調査の中では夫の出張旅行の調査と同じくらいありふれている。飯田探偵事務所は規模は弘美が勤める事務所と同じくらいの大きさだったが、女性調査員がいない。出口優子の尾行には女性調査員が必要なので、弘美が応援に駆り出されていた。

出口優子は、勝ち気ではっきりした顔だちの、なかなかの美人だった。結婚前は商社勤めをしていたとかで、海外生活の経験も有るらしい。専業主婦とは言っても子供がいないので、見た目も若々しく、服装もまるきり、二十代の独身女性風だった。この手の、派手目で活発で美人の人妻、というのは、やはり浮気をしている確率が非常に高いのだと、先輩探偵が教えてくれた。その点では、先入観と結果とは一致することが多いらしい。

出口優子の場合も、浮気をしているということについては、依頼人の夫もほぼ確信していた。

弘美は、正直に言えば、妻や夫の浮気を調査によって確認しようという人たちの気持ちが、今ひとつ理解出来ない。配偶者の浮気を疑って、それを確かめたいと思う気持ちはわからなくはないが、ではそれが事実だったと判ってしまった時、自分がどうしたいのか、そこまで考えて依頼に来る人はさほど多くないのである。もしかしたら、いえ浮気の事実はありませんでした、と報告されるのを期待して、そこに望みをかけて依頼に来るのかも知れないが、素人(しろうと)である夫や妻がその浮気に気づくくらいであれば、プロの調査員が浮気の証拠を見つけだすくらいのことは、たいていの場合、簡単だった。それなのに、実際にその証拠がつきつけられた時、依頼人がそこから先を何も考えていないとなると、事は深刻になってしまう。その場で泣き崩れる人もいれば、八つ当たりのように怒り出す人、冷静さを装いながらも指先を震わせている人。彼らや彼女たちが自宅に戻って、自分を裏切った配偶者に対してどんな態度をとり、この事態をどんなふうに収めるのか。

調査員はそこまで考えてはだめ、依頼人の人生に踏み込んではいけない、と、セオリーは理解していても、まったく気にならないはずはないのだ。だが調査員は、気にしていない振りを続けなくてはならない。

弘美は、自分がかかわった調査で判明した妻の浮気に、暗い目をしたまま拳を握り締めていた依頼人の姿を忘れることが出来なかった。あの人はあれから、妻に対してどんな行動に出たのか。

世の中には、知らない方がいいこと、というものがあるのだ。

弘美はこの仕事をしてみて、初めてそのことを実感した。

同時に、この仕事をするまでは絶対に受け入れられなかっただろう考え方も、弘美はするようになっていた。

結婚したからと言って、愛が永遠に続くという保証などはどこにもない。そして、人の心とは移ろうもの。結婚してしまったら配偶者以外の人間に恋心を感じないでいろ、と強制すること自体が、本来は無理なことなのかも知れない。今では弘美には、それまで漠然と不潔なもののように思えていた浮気、という行為が、とても人間くさく、ある意味では自然なことのようにさえ思えていた。

自分に置き換えてみたとしても、結婚を三十歳でしたとして、それから後の四十年、二度と恋をしてはいけない、と禁じられたらそれに耐えられるのかどうか。毎日のように持ち込まれる浮気調査の依頼書類を整理していると、結婚してから死ぬまでの間にただの一度も配偶者を裏切らずにいられることの方が、奇跡なのではないか、とさえ思えて来るのだ。

「ご苦労さま」

ごく小さな声で、弘美に向かって、飯田探偵事務所の三村(みむら)という調査員が挨拶(あいさつ)をしてくれた。弘美も頭を下げて、三村の向かい側に座った。はた目から見れば、喫茶店で待ち合わせをしていた男女、という、ごくありふれた構図に見えるだろう。

渋谷駅から徒歩十五分ほど、住宅街と繁華街の境目にある喫茶店からは、通りを隔(へだ)てたところにある美容院の様子がよく見える。今現在、出口優子は美容院の中にいる。弘美の携帯には、三村からそうした情報がすでにメールで届けられていた。

この三日間、出口優子は毎日外出しては、自分を磨くことに専念しているように思えた。エステ、スポーツジム、アロマテラピィ、フットマッサージ、ネイルサロン。費用だけでも相当なものだと思うのだが、依頼人の夫の話では、優子が月に自由に出来る金は三万円程度だと言うから、どこかに収入源があると考えるしかない。ただ、主婦業を五年続けていれば、ある程度のへそくりをすることは可能だろうから、数百万のものをポンと買った、というのでなければ、それだけでたとえば誰か小遣いをくれる愛人を持っているのでは、という結論は出せない。

「中に入りますか」

弘美は小声で訊いた。

「いや」

三村は腕時計を見た。

「入ってから五十分です。そろそろ出てしまうかも知れない」

確かに、シャンプーとカット、ブローだけならば四十分程度で終わってしまう。弘美は頷いて、店内の他の客が不審に感じないよう、適当に世間話を始めた。もっとも、世の中の人々はそばに私立探偵がいたとしてもほとんど気づかないということを、この四カ月で弘美は知った。何かをしている人、というのは目立つのだが、何もしないでいる人、については、皆、無関心なのだ。

新聞の社会面の話題を適当に二十分、三村はさすがにベテランらしく、受け答えは自然で少しも芝居がかったところがない。やがて、ごく自然な動作で三村がテーブルの上の煙草に手を掛けた。三村の位置からは美容院のドアが開くのが見えるのだ。

　弘美は立ち上がり、三村とありきたりな別れの挨拶を交わして先に店を出た。

　美容院から出て来た優子は、昨日より髪の色が少し赤かった。ヘアマニキュアをしたのだろう。ミニスカートとまでは行かないが、丈の短いスカートからすんなりと伸びた脚はきれいだった。膝から下が長い。顔だけではなく、スタイルも、優子は平均的な女性よりいい方だろう。ブローしたての髪を揺らしながら颯爽と街を歩く姿は、やはり、主婦には見えない。

　優子はゆっくりと渋谷駅の方向に向かっている。渋谷周辺は、閑静な住宅街と喧噪との距離が短い。五分も歩くと雑然として活気に溢れる繁華街に出る。優子がファッションビルに入ったので、弘美も間隔をおいて建物に入った。ターゲットを見失ってしまうことさえなければ、ファッションビルのように店が集中しているところでの尾行は楽だ。ウインドウショッピングをしている素振りなら、同じところに長くいても、それから不意に歩き出しても、不審に思われる心配はない。

　優子はまず靴店に入って時間をかけてブーツを選んだ。それからブティックを冷やかして、宝石店に入った。そこでまたかなり時間をかけて選んでから、ピアスを一組、購入した。慎重にそばに寄って、優子が選んだピアスと同じものをディスプレイから探した。ダイアの小さなピアスだった。価格は、七万円。ダイアのピアスとしてはまったく高価なものではない。だが、この三日間に彼女がつかった金を合計すると、これで三十万円くらいにはなる。ボーナスをもらったばかりのOLでも、三日で三十万をつかい切るのは勇気がいるだろう。もしへそくりをつかっているのだとしたら、それまでの貯えを一気に吐き出しているような感じになってしまう。

かと言って、優子がどこかでアルバイトをしているという形跡は、今のところまだ調査でも出ていない。

やはり、愛人の存在があるのだろうか。

優子は買い物をした袋を下げたまま、ファッションビルを出て渋谷駅に向かって歩き出した。時刻はまだ四時過ぎ、昨日も一昨日も、優子は六時近くまで出歩いていたので、少し早い。

と、突然、優子が建物の中に入った。咄嗟に看板を見る。雑居ビルだが、飲食店や風俗店の入っているビルではなく、英会話学校と美容整形の形成外科医院が入居している。

エレベーターは小さくて、待っていたのが優子だけだったので、弘美は迷った。すでに弘美の近くには、三村から交代した尾行要員がついて来ているはずだったが、優子が用があるのが美容外科だった場合、男性の調査員ではあまりに目立ってしまって、中まで入ることが出来ない。

弘美は咄嗟に判断して、優子と同じエレベーターに乗った。顔は見られてしまうかも知れないが、何もなければ、すぐ忘れてくれるだろう。


判断は正しかった。優子は美容外科の受付のある階で降りた。

順番を待つ振りをして、優子が受付に何を話すのか耳を澄ませた。

「電話で予約していた出口ですけど」

「はい、承っております。お名前をお呼びするまで、しばらくお待ちください」

これでは何もわからない。

「お次の方、どうぞ」

受付の声で、弘美は仕方なく、思い付いた嘘を口にした。

「あの、ピアスの穴開けは、すぐやっていただけるんでしょうか」

「そうですね、今からでしたら……十分ほどお待ちいただければおやりいたしますが」

「どのくらいの時間、かかります？」

いるだろう。

「麻酔をしますので、十五分ほどかかります」
優子はわざわざ予約までして来院している。診察を受けるとして、一時間はここに

「じゃ、お願いします」

「十八金かチタン合金のファーストピアスは御持参になられています？」

「あの、持って来ていないんです」

「それでは、こちらでご用意しておりますので、お買い求めいただくことになりますが。十八金の方が一万円、チタン合金のものですと四千円です。ファーストピアスは金属アレルギーの危険がありますので、他の素材のものはお使いにならないようお勧めしています」

「それじゃあの、十八金の方で」

なんとなく、合金、というイメージが恐くて、弘美はそう言った。

十五分待たされて、弘美は処置室に通された。優子の方は、弘美が呼ばれてもまだ待合室にいた。

ピアスの穴開けはごく簡単な手術だった。わざわざ美容外科でしなくても、麻酔もなしに、ホチキスのような機械で自分で開けてしまうことが出来るとは聞いたことが

ある。それならば、ファーストピアスのセットで五千円くらいらしい。

看護師が麻酔の注射をする間に、弘美は美容整形について簡単な知識を看護師との会話で仕入れた。今はほとんどの手術が入院なしで出来るようになっていること。昔の手術にくらべて腫れなども少なく、連休などを利用すれば周囲の人間に気づかれないで手術できることから、気軽に手術を受ける人が増えていること。だが、さすがに患者のプライバシーについては口が堅い。優子のことにそれとなく水を向けてみたが、まったくのって来なかった。

穴開けが終わり、鏡で見てみると、金色の丸い玉が左右の耳たぶにひとつずつ、輝いていた。

「ファーストピアスは普通のピアスより軸が太いんです。最低でも一カ月は、このピアスを使い続けてくださいね。今夜はお風呂で濡らさないようにしてください。二日間はピアスをつけたまま、穴の周囲にこの軟膏を塗って、三日目からは毎日ピアスをはずして、ピアスをこちらの液体で消毒し、穴には軟膏を塗り続けて、二週間。その後は軟膏は必要ありませんけど、一カ月くらいはピアスの消毒はして使った方がいいです。三カ月間は、金かチタン合金以外のピアスはつけないで、半年くらいは毎日ピアスをしておかないと、穴が塞がってしまうことが……」

看護師の長い説明の間、弘美は隣室の様子が気になった。優子の名前が呼ばれて隣室に入る気配がしたのだ。

そそくさと受付に戻った弘美は、精算を待つ間、なんとかして優子がどんな手術を受けるのか調べる方法はないかと考えていた。トイレの表示が目に入った途端に、弘美は決心し、優子が入って行ったと思われるドアに向かった。

ドアを開ける。白衣の男性と、その前に座っていた優子が驚いたようにこちらを見た。

「す、すみません、間違えました！」

弘美は慌てて頭を下げるとドアを閉め、いかにも恥ずかしい、という顔をしてからトイレに向かった。

瞬間だったが、弘美が知りたかったことはちゃんと判った。白衣の医師がテーブルの上に置かれたパソコンの画面に向かって何か説明をしていたのだ。その画面には、術後のイメージを見るためのシミュレーション画像が映っていた。

3

「豊胸！」

梶本は、驚いた顔になってから笑った。

「コンピュータ画像でシミュレーションするってのは面白いな」

「今の美容整形はそれが基本なんですよ。仕上がりのイメージをあらかじめ決めて、それに近づけて手術する。昔の美容整形みたいに、整形した箇所だけ他から浮いて見えるようなのはないんです」

「で、弘美が見た画面にはおっぱいがたくさん映っていたわけだ」

「四つだけです。画面が四分割されてました。そんなことより梶本さんはどう思われます？　エステだのネイルサロンだのならともかく、普通の主婦が豊胸までして綺麗になろうとするのって」

「俺に訊かれてもなあ。俺には女の人の気持ちなんてわからないから。でも結論は出たんじゃないか？　夫の為に豊胸までしようって妻はそうそういないでしょ。それ、愛人がいるよ。しかも相当金持ちで、年上だな」

「どうして年上だなんてことまでわかるんですか？」

「そのへんは男の感覚の問題だね。出口優子ってのは三十二歳だろ、まず愛人が年下の男だった場合、二十代ってことになるとだ、エステだピアスだ整形手術だって金をほいほい工面できるほど高給とりはそうそういないだろう。ホストクラブあたりに勤めてる男ならそういうのもいるかもわからないけど、ホストは貢ぐ方じゃなくて貢がれる方だもんな。で、優子とつり合いの取れる年齢、三十代から四十代の男だとすると、愛人に金だけ渡して好きにつかえ、ってのがどうもしっくり来ない。そのくらいの年齢の男だと、愛人ってよりは恋人の感覚が強いだろうから、三十二歳の人妻に対して、小娘とエンコーするみたいな金の遣い方はしないんじゃないかと思うんだ。ピアスだってブーツだって、買ってプレゼントしようとするんじゃないかな」

「でもうんと年上の男性なら、たとえば三十代の男性が女子高校生にお小遣いをあげる感覚でお金が渡せる」

「うん。それに、豊胸がその愛人の希望だとしたらますます、エロ爺いを連想させる発想だろ？」

「そのことがひっかかるんですよ」

弘美は首を傾げて言った。

「仮にも出口優子は人妻です。エステだのネイルサロンならともかく、豊胸手術なんてして、夫が気づかないはずはないじゃないですか。気づかれた時、いったいどうやって言い訳するつもりだったのかなって」

「まあ確かに、その点は変だと言えば変だな。いずれにしても、今日のところはまだ男と会ったわけじゃないだろう？」

「わたしは顔を見られましたから、念のため今日のところは交代したんですけど、美容外科を出た後は渋谷からまっすぐ戻り、近所のスーパーで買い物をして家に帰ったそうです」

「人妻の不倫の場合、男と会うのは平均して月に二、三回と、意外に少ないというのが通説だ。二週間は続けないと尻尾は摑めないかも知れないな」

「そうですね。飯田探偵事務所からはケリがつくまで手伝って欲しいと言われました」

「弘美もけっこう、根性があるんだね」

梶本が不意に弘美の髪の毛を指で払ったので、弘美はどぎまぎした。

「それ、痛くないの？」

「麻酔はとっくに切れてますけど、痛みはないです」

「必要経費だから、ちゃんとその分も精算しろよ」

「これはいいです。前々から、やってみたいなって思ってましたし……イヤリングだとすぐなくしちゃうから。それより、梶本さん」

「あ、そうか」

梶本は頷いて、茶封筒を弘美に手渡した。中にはコピー用紙とＭＤが一枚入っていた。用紙には、報告書の写しがあった。

「まずは聞いてみて」

弘美は自分のショルダーから、ポータブルのＭＤプレイヤーを取り出し、セットした。

『……前の時のこともあるから、あんまり追い詰めるのはまずいんじゃないの。あん時は俺ら、相当ヤバかったでしょうよ』

『大丈夫だ、今度の女は前のと違って神経が太い。金は持ってんだし、もう少し絞ろう』

『ほんとに大丈夫なのかよ。前の時は、あんなおとなしそうな顔してた女が義理の妹を殺したんだぜ。女ってのは追い詰められると何するかわかんないぜ』

『あの女は弟の女房ともともと仲が悪かったんだよ。俺たちとは関係ねえよ、あの殺しは。もしかすっと、あの女、弟とデキてたんじゃねえのか。まあそんなとこだよ。そんなビビってたんじゃ金は作れねぇんだぜ、俺たちだって金作んないとヤバいんだからよ』

録音はそれだけだった。

「調査機密だからね、弘美にとって重要だと思われる部分だけダビングして来たんだ」

「……これは？」

「うん、俺が今手伝ってる東都探偵社の、総栄企画絡みの企業スパイ事件調査で、ある私立探偵社に仕掛けた盗聴マイクが拾った会話だ」

東都探偵社は都内でもかなり大手の探偵社で、総栄企画というのは指定暴力団と関係が深いと言われている経済研究所の名前だった。

「詳細については東都との契約で話すことは出来ないけど、このマイクを仕掛けられた探偵社の名前は君に話してもいいって、あちらとは話をつけてある。それがその用紙に書いてある。どうだろう。これだけじゃやっぱり、君の親友の事件のことだって断定することは出来ないかな」

「そうですね」

弘美はもう一度、会話を繰り返して聞いた。

「でも……義理の妹を殺した、とはっきり言っています。そういう事件はそんなに多くなかったはず」

「調べることは出来ると思う。ここから先、弘美、やってみるかい？　やってみるなら俺も手伝うけど」

「所長は、なんて？」

「まだ話してないんだ。それで事務所じゃなく、わざわざ弘美にここまで来てもらったのさ。弘美の気持ち次第だ。弘美がやってみたいなら、俺から所長に話す。どう？」

弘美は、手にしたコピーを見つめた。

私立探偵社の名前と、そこの経営者の名前。

経営者の経歴。

探偵社の概要。

『経営状態については不明だが、非合法な調査や、競売物件の不法占拠などの手伝いもしているとみられ、まともな探偵業を行っているかどうかは疑問』

「やってみます」

弘美は言った。

「やらせてください」

「オッケー。それじゃ、俺はこれから張り込みだから。この件については明日、所長と相談するよ」

＊

翌日、弘美は所長に呼ばれ、由嘉里の事件とその探偵社との関係を調べるという依頼が、正式に弘美から事務所に出されることになった。そしてその主任調査員の名は弘美になった。弘美にとって、この事務所ではじめて任された主任調査員だった。主任調査員は、その調査をどうやって進めればいいか計画を立て、人員のスケジュールを決める。同時に全体の予算や経費の見積りも出し、必要な備品の調達も行わなくてはならない。そうした組み立てができれば一人前なのだ。

本当ならば、もっと場数を踏んでから由嘉里の死にかかわった連中を探し出す仕事をしてみたかった。だが機会を逃せば、今度いつ、その連中と遭遇出来るかわからないのだ。

午前中は、梶本に調査計画の立て方のレクチャーを受け、それから、公園に悪戯する犯人を探す調査のことで、依頼人と話し合った。結論は、あと一週間だけ継続。

午後、弘美は出口優子の浮気調査の助っ人に出かけた。

その日、優子は主婦仲間数名と、代官山のレストランでランチをとっていた。弘美が現場に到着した時、優子たちのテーブルにはデザートとコーヒーが運ばれるところだった。昨日と同じに三村と向かい合わせて座り、優子たちのテーブルからかなり離れたところでコーヒーを飲む。今日は昨日とは少し組み立てが変わっていて、弘美は補助要員だった。昨日、優子にまともに顔を見られているので、万一優子が弘美の顔を憶えていてはいけない、という配慮だ。三村と交代する調査員は、弘美の後からテーブルにくわわった。優子たちのランチが終わって店から出る時、三人目の調査員が先に出て尾行に入る。弘美と三村は、彼からの連絡を待って少し遅れて店を出た。

「駅で解散した」

三村が携帯メールを歩きながら読む。

「ターゲットだけタクシーに乗ったらしい。怪しいな」

三村もタクシーを停めた。目的地は告げず、渋谷方向にとだけ言って携帯を睨む。呼び出しが鳴った。調査員もタクシーの中でひとりになったので、電話が使えるのだ。

「うん、わかった」

三村は頷く。

「運転手さん、このまま渋谷方向にお願いします」

代官山から渋谷までの抜け道は、高級住宅街の中をくねくねと通る。もうじき246に出る、というあたりでまた携帯が鳴る。

「運転手さん、ここでいいです」

タクシーを降りると、住宅街の中に唐突に喫茶店が見えていた。小さなテラスがあり、赤いテーブルに赤い椅子がとても可愛らしい店だ。

出口優子がテラスから店に入って行く。弘美と三村は店から遠ざかるようにして角を曲がった。

　今度はメールが着信した。

「男だ」

　三村が囁いた。

「やっと尻尾を出したな」

　弘美は、ホッとしている自分に気づいて驚いていた。

　ターゲットが「予想通りに」浮気をしていることに、ホッとしている、自分。今の自分のあたまの中には、ターゲットの人生も依頼人の人生も何もない。あるのはただ、この仕事がこれで一丁あがりだ、という安堵感だけだ。

「あれ？」

　三村がメールを見て首を傾げた。

「どういうことかな……ターゲットと男とを撮影している人間がいるらしい。ちょっと調べよう」

　三村と共に、また角を曲がって喫茶店が見える通りに出た。さり気なく話をしながら前を通り過ぎる。報告の通りだった。優子と男とが談笑している姿を、店の外、かなり離れたところから一人の若い男がビデオで撮っている。プロ仕様のごついビデオで、男は肩に担いでいた。

「移動するぞ。ここから交代しよう。この先にラブホテルがあるんだ。たぶん、そこに入る」

「こんなところに、ラブホテルですか」

「この先はもう桜丘（さくらがおか）だからね。しかしあのビデオ男はなんなんだろうな」

「隠し撮りにしては大胆でしたよね」

「うん……二人とも、撮られていることは了解済のようだった」

店内にいた調査員は座ったままだった。弘美と三村は寄り添うようにして歩いた。三村の言った通り、優子と密会相手の男は、かなり離れたところを同じ方向に歩いて行く。坂を下ったところに、小さなラブホテルがあった。それがラブホテルだと誰かに教えられなければ外観からはまったくわからない、地味な建物だった。三階建ての洋館なのだ。

二人が入るのに続いて、弘美と三村も中に入った。今どきのラブホテルにはないような、古風な小窓の受付があった。受付を済ませて二〇四の鍵を受け取ったところで、視界の隅にまた、ビデオを担いだ男が現れた。三村も弘美もできるだけゆっくり歩いて、ビデオの男が受付に何か言うのを待った。

「斎藤（さいとう）ですけど」

「二〇三」

短く女の声がする。その時、また人が入って来た。照明器具を担いだ男、何かわからない大きな荷物をしょった男、それにもうひとり、ビデオカメラを持った男。

「二〇三だって」

最初の男が言う。三村が弘美の手を引っ張り、男たちよりも先にエレベーターにすべり込み、素早くドアを閉めた。

「隣ですね」

「ああ、ラッキーだな。それにしても……まさかな」

「なんなんですか、あれ」

「ＡＶの撮影だ」

弘美は驚いた。

「アダルトビデオ……」

「スタッフが少ないから、裏かも知れない。人妻ナンパものってやつだろう。いかにも素人の人妻を街で口説いてホテルに連れ込んだ風な物語にしてあるんだ。もちろんヤラセだから、出口優子は出演料をもらってやってることになる。しかしこれですべて繋(つな)がったな。彼女が美容に熱心で、豊胸までしようとしていた理由。さらに、その費用をどこから得ていたかの疑問。すべて解決だ」

「でも……そんなことをしてもし依頼人にばれたら……」

「弘美さん、あなたは同じ女性としてどう思う？　彼女はもう……開き直っているんじゃないかな？　依頼人はそこまで教えてくれなかったが、たぶん依頼人とターゲットとの間にはもう、夫婦関係はない。だから豊胸手術をしたところで依頼人がすぐに気づく心配はないわけだ。後はいつばれるか、時間の問題だ。ばれて離婚されることなど、ターゲットはとっくに覚悟している、俺にはそう思えるんだが」

三村の言うことは当たっている、と、弘美は思った。ただどうしてもわからないのは、なぜ優子がそんな方法で結婚生活を破綻(はたん)させようとしているのか、その理由だ。なぜ、もっと普通に別れ話を持ち出して離婚しないのか。

二〇四の部屋に入ると、三村は聴診器を取り出して壁に当て、まず自分の耳で聞いてから、それを録音マイクにセットした。スピーカーは付いていないＭＤ録音機だったので、イヤホンをつけている三村にしか音は聞こえない。

だが弘美は、その音を聞きたくはない、と思った。

調査は終わったのだ。少なくとも、依頼人が知りたかった範囲での調査は。

依頼人が知りたかったこと。それは、妻が嘘つきなのかどうか、ということだ。そして結果は出た。

彼女は、嘘つきだった。

*

翌日の朝、弘美は、公園で砂場にゴミを埋めた人間の姿を写真に撮った。

写っていたのは、その公園に毎日子連れでやって来て、公園ママのグループに入っていつも楽しそうにしていた主婦だった。埋められたゴミには生ゴミの他に、剝き出しの、使用済生理用品も混じっていた。


報告書を書きながら、弘美は感じていた。

ストレスなのだ。あの主婦も、出口優子も、ひどいストレスに身をさらし続けて、破壊願望を止められなくなっている。

壊したい、と彼女たちは思った。

偽りの結婚生活。偽りの隣人付き合い。

最も嫌らしく、最も壊された相手が痛みを感じる方法で、壊したいと。思いきり後味の悪い方法で。忘れたくても忘れられないような屈辱や嫌悪を、相手の心にすり込む形で。

そこまで憎しみを募らせる前に、どうして逃げ出さなかったのだろうか。

なぜ、逃げられないのだろうか。


数日後、飯田探偵事務所から宅配便で、ビデオが数本届いた。

出口優子が出演しているアダルトビデオ。三村の手紙が付いていた。

『前略
参考資料用に集めたものです。見たら返却してください。こちらで保管します。ビデオ自体は違法なものではありませんでした。
三村』

ビデオの中の出口優子は、驚くほど美しかった。

白い裸体は自由で、生き生きと、艶々していた。

男優のからだに優子が奉仕する様はあくまで優しく、寛容で、母性すら感じさせるほどに温かく、そこに愛があるのかと錯覚してしまうほど、切なかった。


優子は、楽しんでいた。

悦びで満ちあふれていた。

彼女はその画面の中で、真実を語っていた。

これが彼女の選んだ「破壊」なのであれば、これほど見事な「破壊」は他にないのかも知れない。
このビデオを見せられた時、夫は、自分が失ったものの大きさを知ることになるのだ。

嘘つき。

弘美は、突然、理解した。
優子は夫を試したのだ。
夫にも、真実を語らせようとしたのだ。
あなたが欲しいのはあたし自身なのか、それとも、妻、という幻想なのか。
さあ、本当のことを言ってごらん！

依頼人はどうするのだろう。心から血を滴（したた）らせながら真実を語るのか、それとも、それでも嘘をつき続けるのか。

弘美は、公園の事件の報告書を茶封筒にしまい、ビデオを停めた。
そこから先は、探偵が知る必要のない事だった。
そこから先は、探偵には何も出来ない、領域だった。

復讐

1

復讐するつもりはないのよ。

弘美はまた、自分に言い聞かせた。

そう、復讐などしても、誰も幸せにはならないのだから。

だが彼らが何の罰も受けずに平然と生きていることに対しては、怒りを抑えることが難しい。

彼らのやったことは犯罪なのだ。が、被害者であったはずの女性は、その為に殺人を犯し、刑務所の中にいる。

それだけでも、充分すぎるほど理不尽だ。

彼らは、表向き探偵調査事務所の看板をかかげてはいるが、実態は恐喝屋だ。暴力団とも繋がりがあるが、総会屋との関係の方が深い。彼らのふだんのターゲットは大手企業の幹部たちだった。なのにあの時はどうして、容子が狙われたのか……

弘美の脳裏に、優しく微笑んでいる容子の顔が浮かんだ。

容子は美人だった。そして世間知らずだった。

総会屋に売りつける汚いネタばかり拾い集めていた彼らの目に、何も知らないたおやかな人妻の容子は、滅多に食べられないご馳走のように見えたのかも知れない。ただひとつだけ不思議なことがあった。どうして容子は、彼らのような得体の知れない探偵事務所に夫の浮気の調査など依頼したのか。

容子自身は、電話ボックスに置いてあったチラシを見た、と言っている。だがそのチラシは捨ててしまった。もちろん彼らはいつまでも同じ調査事務所の看板を揚げてはいない。警察が容子の供述にもとづいて彼らを追い始めた時には、彼らはとっくに姿を消していた。

今、彼らはこう名乗っている。

『サンライズ調査事務所』

サンライズ。日の出。

何かの皮肉？

弘美はドアをノックした。

「どうぞお。開いてますよ」

しゃがれたような男の声。

ドアは部屋の中に向かって開いた。思っていたよりもずっと整頓された部屋だった。事務机三つ、応接セット。パソコンがあり、その前に二十代に見える女性が座ってちゃんとキーボードを叩いている。

いかにもうさんくさい連中が煙草の煙を吐き出しながら座っている光景を想像していた弘美は、少し肩透かしをくらったようで、かえって居心地の悪さを感じていた。

「えっと、川上さんですね？　電話くださった」

弘美は頷いた。

「そこにおかけください。どうぞどうぞ。恵子ちゃん、お茶お願い。あ、アイスコーヒーの方がいいかな」

「あの、おかまいなく」

「暑かったでしょう、外。恵子ちゃん、アイスコーヒーにしてくれる。ささ、座ってください」

男は引き出しから何か摑み出し、にこやかな笑みを顔に浮かべて立ち上がった。

弘美と向かい合わせに座った男は、サンライズ調査事務所所長、田所一良と書かれた名刺を出して弘美に渡した。どうせ偽名なのだ。だがその点では、お互い様だった。

弘美も偽の名刺を出した。

フランソワーズ・ミラン・エステサロン
ビューティ・アドバイザー　川上玲子

フランソワーズ・ミラン・エステサロンは、全国に十数店鋪を経営する大手のエステ・チェーンだった。店名になっているフランソワーズ・ミランは、独自のエステ・マッサージとマッサージオイルの調合で知られる、アメリカの有名エステティシャンの名前で、その女性が日本で開いたサロンがフランソワーズ・ミラン・エステサロンだ。しかし、フランソワーズ・ミランその人はとっくに経営から手をひき、名誉会長の名前だけ残して本国に帰ってしまった。彼女からサロンを譲り受け、チェーン展開して大きくしたのが、現在の社長の杉村京子。もともとは通信販売の美容器具などを売る会社を経営していたのだが、エステサロンの経営に乗り出したのと同時に、フランソワーズ・ミランの美容学の一番の理解者という触れ込みで、マスコミにさかんに登場するようになった。五十歳手前だが美人で喋りが上手く、テレビ受けや雑誌受けがとても良かったので、瞬く間に人気者になり、エステも大繁盛した。ミラン女史は六十歳になったのを機会に引退を表明してアメリカに戻ったが、フランソワーズ・ミラン・エステサロンはそっくり、杉村京子の会社であるスギムラ・ネイチャーランド・コーポレーションに経営権が譲渡された。杉村京子はエステ経営だけではなく、フランソワーズ・ミランの名前を冠した化粧品や健康食品の販売などに手を広げ、いずれも成功。そして、S.N.コーポレーションは東証二部に上場をはたし、株価は上昇し続けた。

絵に描いたようなサクセス・ストーリー。だが、そうした成功の裏には、より添うようにして暗い影がある。

杉村京子が、マスコミに登場する以前に、マルチ商法でかなりの被害者を出した健康食品の販売会社で役員に名をつらねていたことが週刊誌にすっぱ抜かれた。マスコミは掌を返したように杉村京子を叩き、被害者の会が杉村京子相手に賠償請求の民事訴訟を起こした。当然、エステ・チェーンとその母体会社のイメージが大きく傷ついた。会社の存続に危機感をおぼえた幹部社員は社長交代を狙って反杉村派を結成、杉村京子も自分の側近を固めてその地位を守ろうとする。互いに相手側の弱味を握ろうと躍起になり、調査事務所がいくつも関与して茶番が繰り返された。

その状態のままでもう一年以上経つ。だが、どちらにも決定打が出なかった。

反杉村派の中心は、フランソワーズ・ミラン・エステサロンの一号店の元店長で、杉村京子がミラン女史の名前を勝手に利用していることに反発し続けている、中瀬美奈。S.N.コーポレーションの専務取締役。

「それで」

田所が唇の端だけ少し歪めた。微笑んだつもりなのかも知れないが、ひきつれたように見えた。

「お電話のお話では、交際相手の浮気を調査したい、ということでいらっしゃいましたよね?」

「ええ」

弘美は、演技をしていることに対する不安が顔に出ないでくれるといいけど、と、祈るような思いで頷いた。

「とても心配なんです。どうしても、あの人と専務との仲があやしいように思えて……」

「おたくの専務さんというと……週刊誌でお名前を拝見したように思うのですが、確か、中瀬さんとかおっしゃる?」

サンライズ調査事務所が杉村京子側の依頼で、中瀬派の幹部の私生活をほじり出そうとしている、という情報が、弘美が勤めている川村調査事務所に入ったのが二カ月前。サンライズ調査事務所の前身、というか、前に揚げていた看板の名は伊東洋次郎探偵社。いかにももっともらしい名前だが、もちろん、伊東洋次郎と田所一良とは同一人物だ。その前は、河田商会、という、まったく素性の想像できない会社名をつかっていた。その河田商会こそが、容子を陥れた探偵社なのだと判ったのが昨年の十月。弘美は先輩探偵の梶本に勧められ、河田商会に関する調査を自分の事務所に依頼した。

あれから八カ月。河田商会はいわゆる名簿屋をやっていたようで、調査しても違法だと断定できる形跡は見つからなかった。もちろん、名簿の入手方法が違法なものではないとは断定できない。しかしそこまで調査を徹底させるには、かなりの時間がかかる。容子の事件に彼らが関係したという証拠も見つけることはできなかった。やがて河田商会は、いつも彼らがそうしているように、忽然と姿を消した。名簿屋という隠れ蓑の裏で行っていた悪事が警察にばれそうになったからなのか、それとも他の理由なのか。調査は中断された。そしてこの三月に、伊東洋次郎探偵社という名前で新橋に小さな事務所を持つ私立探偵が、河田商会の社長だった、小山という男と同一人物らしい、という情報が入った。河田清治という偽名をつかっていた小山という男。それが伊東洋次郎となり、そして四月の初めにまた姿を消し、五月の初め、サンライズ調査事務所という名前が浮上した時、同じ顔を持つ男は田所一良と名乗っていた。くるくると変化する名前。

偽名をつかう、という行為そのものに完全に麻痺(まひ)している男。

だが本名はちゃんとある。小山健次(けんじ)。

それらしい証拠を摑んだら、小山の顔写真を獄中の容子に確認してもらう手はずは整えてあった。

たまたま、川村調査事務所は中瀬派に他事務所が依頼された調査を手伝っていたことがあって、中瀬美奈本人と接触することが出来た。

サンライズ調査事務所の田所一良が刑法に触れる悪事を働いたという証拠を摑んで、警察に逮捕させることができれば、そんな事務所に調査を依頼していた杉村派にとっては打撃となる。

中瀬美奈は、自分の名前を囮(おとり)として使うことを承知してくれた。

芝居の筋書きは単純。

川上玲子という名前のエステティシャンと、その恋人の浮田修(うきたおさむ)が主役。玲子は、恋人の浮田が中瀬美奈と関係していると思い込んで調査を依頼。ところが浮田には妻子がいて、しかも中瀬とも関係していた。上場会社の専務である身で、妻子持ちな上に愛人までいる男との情事。サンライズ調査事務所はそのネタに食い付き、さて、どう出るか。

　中瀬美奈本人を恐喝するか、それとも、杉村京子に報告するか。いずれにしても、浮田という人物は架空で、中瀬美奈にはスキャンダルはない。

「ひとつだけ確認させていただきたいんですが」

　田所いや、小山は、愛想笑いを崩さずに言った。

「川上さんは、どこでうちの事務所の名前をお知りに？」

　弘美は落ち着いて、バッグから週刊誌を取り出した。女性のヘアヌードが堂々と載っている類いの大衆週刊誌で、普通はあまり女性が買うものではない。その広告ページの片隅に、サンライズ調査事務所の名前があった。

『カノジョに男がいる？　疑惑を感じたらお電話ください。秘密厳守。サンライズ調査事務所　実績が違います　電話03……』

　他にも似たような探偵事務所の広告がずらっと並んでいる。

「なるほど」

「義兄の車にあったんです。たまたまそのページが開いてあって」

　弘美は演技ではなく、顔を赤らめた。その広告の隣のページには、性技についてのイラスト入りの記事があったのだ。

小山は、別段表情を変えなかった。そこでいやらしさを見せないところが、小山もプロだ、という証ではあった。

「サンライズ、という名前が……なんとなく、心に残ったものですから」

「ありがとうございます」

小山は真面目くさって言った。

「悩みを抱えて苦しんだ夜を、早く終わらせて、希望の朝日を見ていただきたい、そんな願いからつけた名前です。川上さん、ご心配は一切ありません。交際相手の方に調査がばれてしまうようなことも絶対にありませんし、うちは調査料金も規定がはっきりしているので安心です。しかも、他の事務所さんよりはかなりお安くなっていると思います。儲けよりも社会に貢献したい、という理念で開いた事務所ですので。えっと、それではまず、だいたいのご事情をお聞かせいただけますか？」

弘美は頷いて、何度も何度も練習して頭に叩き込んで来た架空の物語を、それとらしく言葉に詰まりながら話し出した。

2

「それで、信じたみたいだったの？」

梶本に問われて、弘美は少し不安になりながらも頷いた。

「大丈夫だったと思う……あの小山って人、顔にあまり表情が出ないから確信はないけれど……でも、目は尖ってていなかった」

梶本は笑い出した。

「目が尖って、か。君らしい言い方だな。小山は百戦錬磨のつわものだから、君の態度や話に疑問を抱いたとしてもすぐに顔に出したりはしないだろうが、ま、その君の感触を尊重するよ。で、契約の方は？」

「して来ました。給料制のエステティシャンがお金にいとめをつけないのは不自然なんで、貯金の範囲でできるところまで、という約束で。すぐに、浮田修に尾行をつけると言ってましたよ」

「了解。それじゃ、浮田修は職場に戻らないとならないな」

梶本は、度の入っていない眼鏡をはずして磨いた。

「小山のことだ、君のことも調べあげると思う。ぬかりはないよね？」

弘美は頷いた。一週間ほど前、サンライズ調査事務所に電話した時から弘美と梶本は、それぞれの役柄として生活している。弘美は川上玲子として事務所がそうした用途に使うために所有しているマンションの一室を借りてそこで寝起きし、朝は決まった時間にエステサロンに出勤した。サロンの店長だけが事情を知っているが、同僚たちはみな、弘美のことを「新米エステティシャンの川上玲子」だと思い込んでいる。もちろん、弘美にマッサージの技術などなかったので、店長の仕事を手伝う、という名目で出勤するとすぐに店長室に入り、後は川村調査事務所からの呼び出しがない限りはそこにいて、夕方、川上玲子として部屋に戻る。梶本の方も、浮田修として別の部屋に住み、ダミーの化粧品メーカーに出勤。そして数日に一度、中瀬美奈が勤務しているフランソワーズ・ミラン・エステサロンの本社に営業マンとして出入りしていた。

弘美が川村調査事務所で働き始めてからいちばん大がかりな仕掛け調査だった。仕掛け調査は、いわば調査対象者を事務所と依頼人がぐるになって騙(だま)す調査方法で、川村調査事務所は所長の方針があってあまり行わない。しかし今回は特別だった。

「でも、小山が脅迫という手段に出ないで、不倫スキャンダルを表に出してしまったら中瀬さん、大丈夫なのかしら。いくら浮田なんて男は存在していないと言ったって、あなたと中瀬さんとが逢(あ)っていた場面を小山なら当然、写真に撮ったりするでしょう? 後であれは私立探偵でした、と弁解しても、不倫していたことを事実にされちゃったら、調査を依頼した探偵とそういう関係になったって非難されることになる」

「小山は、言わばプロの恐喝屋だ。ひとつのネタを握ったら、できるだけ大きな金になる方へと動く。少なくとも、小銭稼ぎにネタを写真週刊誌に売りつけるような損な真似はしない。直接中瀬美奈を脅迫して来なかったとしても、そのネタを杉村京子側に持ち込んで金にすることを考えるさ。杉村京子としては、フランソワーズ・ミランのイメージを傷つけてしまったのでは元も子もなくなるから、不倫スキャンダルなんてものが世間に出るのは困る。だからいきなり表に出して中瀬美奈を追い詰めたりはせず、内々に中瀬サイドにネタを握っていることをほのめかして、中瀬美奈に手をひくよう迫るだろう。その段階で、すべては仕掛けで、浮田なんて男は存在していなかったと杉村に告げ、逆に、杉村が小山のような男とつるんでいる事実を非難し、小山が警察に逮捕される前に会社から手をひけ、と切り返せるわけさ。だからこそ、中瀬美奈は今度の仕掛けに全面的に協力してくれることになったんだからね。そして我々の狙い通りに小山が違法な手段を持ち出してくれれば、小山が警察に逮捕された時点で、中瀬サイドは小山が杉村の依頼を受けていたことを表に出す、と杉村に退陣を迫るつもりだろう。どっちに転んでも、小山がこのネタを金にしようと考えた時点で、杉村京子は敗北する」

「なんだか気の毒みたい」

弘美は小さくため息をついた。

「会社内部の権力争いなんて、どっちがいいとか悪いとかいう問題じゃないのにね。

たまたま小山みたいな男に調査を依頼しちゃった為に……」

「たまたま、じゃないさ」

梶本は首を横に振った。

「サンライズ調査事務所は、スケベ週刊誌の一行広告程度しか出していないんだ。あれだって、私立探偵事務所をやってますよ、というカモフラージュに過ぎない。杉村京子が小山のような奴に調査の依頼をしてるってことは、杉村が、裏世界の人間と繋がっていることを示している。人を呪わば穴二つ、ってね、杉村が裏世界の人間にまで頼んで中瀬美奈を破滅させようとした時点で、杉村自身が破滅しているのさ。もし俺たちが、君の依頼によって今回の仕掛けを行わなかったとしても、いずれ小山は何らかの違法手段をつかって杉村京子周辺のネタを金に換えようとする。その場合、杉村京子自身が恐喝されないとも限らない。杉村はエステサロンを大きくしていく過程で、表に出たらまずいことをいろいろとやっている。中瀬美奈が杉村派を会社から追い出したいと考えているのも、主にその点の不透明さが会社の致命傷になるかも知れない、という危惧があるからだ。しかしまあ、君の言う通り、企業内部の権力争いにどっちが正しいかどうかなんて、言うだけ無駄だ」

梶本は、弘美の肩を軽く叩いた。

「俺たちは正義の味方じゃない。依頼人の味方だ。そして今度の件は、表向きの依頼人は中瀬美奈だが、事務所としては、君が依頼人だと考えている。実際に君の給料から調査費用は天引きされるわけだし、今回の調査に関してだけは、危険手当も時間外手当も一切、君には支払わない。その代わり、事務所は君の味方となり、手足となる。そういう約束だ。だから、君は依頼人として、君自身のことだけ考えていればいいんだよ。この仕掛けで小山の化けの皮を剝がし、証拠を揃えて警察に突き出す。それによって、君の友達の義理のお姉さんと、結果としてそのお姉さんに殺されてしまった君の友達の無念を晴らす。それでいい」

「復讐だとは考えたくないんです」

弘美は自分に言い聞かせるように、言った。

「殺された由嘉里にとってみれば、その理由なんてどうであれ、仇は容子さんということになります。もし由嘉里の為に復讐を考えるのならば、容子さんの無念を晴らしてあげる必要はなくなる。それに……容子さん自身が裁判で認めていることだけど、ただお金のことで追い詰められたという理由だけで由嘉里を殺したんじゃない。容子さんは……実の弟の嫁である由嘉里に対して、ずっと違和感、抵抗感を抱いていたんです」

「俗な言い方をすれば、容子さんは実の弟を愛していた、ということかな」

弘美は梶本を睨(にら)んだつもりだった。だが、自分でも梶本の言葉に心が頷いてしまうのをどうしようもなかった。

「下世話な想像をしているわけじゃないよ」

梶本が優しく言った。

「別に不思議なことでもない。そうした感情を心に抱いているだけなら罪でもない。いずれにしても、容子さんの罪は、すべてのことを解決するのに殺人、という、決してとってはならない方法を選んでしまったことにある」

「ええ」

弘美は頷いた。

「だから、復讐だとは思いたくない。小山とその仲間がどんなに悪い奴らでも、だからって容子さんのおかした罪が帳消しになるわけではない。ただ、小山たちが由嘉里や容子さんの人生をめちゃくちゃにしたように、これからも多くの人の人生を破壊する、それを何とかして止めたい。それが止められなければ、由嘉里の死は無駄になってしまう。正義の味方になるつもりはないし、そんな権利もないことはわかっているけど、でも……」

「いいんだよ、それで」

梶本は、大きく頷いた。

「そうしなければ君の気持ちがおさまらない、だから君はそうするんだ。それでいいんだ。君は、君自身の心を整理して親友の死という過去と決別する為に、小山が恐喝者であることを証明する。結局のところ、私立探偵ってのはそういうもんなんだよ。依頼人の気が済むようにする。それだけなんだ」

梶本は、それまで弘美には見せたことがないような、不思議なほどやわらかな表情になっていた。

「この仕事に就いて、夫や妻の浮気の調査ってのをいったい何件くらい請け負って来たのか、ふと考えたことがあるんだ。日本に星の数ほどある私立探偵社の大部分は、男女関係のもめ事の調査で利益を出している。企業関連の調査なんて引き受けられるのはほんの一部の大手だけだし、家出人探しだのボディガードだのって仕事は、手間暇がかかる割には利益が出ないからね。浮気調査ってのは、割とすぐに結果が出るから依頼人が納得してくれるし、調査そのものも簡単なことが多い。ね、事実、君もうちの事務所で働き始めてから、仕事の大半は浮気関係だったろう？　それだけ多くの男女が、恋愛や結婚生活のパートナーに対して疑惑を抱いて生きているわけだ。でも考えたら、それは当たり前のことなんだ」

「当たり前の、こと……」

「そうさ。昔っから言い古された言葉がすべてを説明している。人の心は鎖に繋げない。それが真理だし、それで全部なんだよ。どんな人間だって、誰かを好きになった最初の瞬間から裏切ることを考えているわけじゃない。いちばん好きだった時には、他のやつのことなんて考えないさ。でも、その時期は長くは続かない。続かないのが普通なんだ。心はうつろい、やがて他の人間の方を向く。それを止めることなんてできやしない。だからね、本当は、一切の疑惑を持たずに信じ続けている方が幸せなんだよ。どちらにしたって裏切られるなら、何も好きこのんで辛い時間を長くする必要はないんだ。真実なんて知らない方が楽に決まっているんだ。なのにどうしてなんだろう、人は、真実を知りたがる。知ったからって、物事は決していい方へは向かわないのに。俺が浮気調査を手掛けたたくさんのカップルの内、俺の調査結果によって幸せになったカップルなんて、たぶん、両手の指で数えるほどもいないだろう。そして、調査結果によって別れることになったカップルは、その何十倍もいる。つまりさ、俺の調査は、恋人や夫婦の破局を加速する役にしか立ってないってことなんだ。そんな探偵業なんかに、いったい何の意味があると思う？　この仕事の社会的な意義ってなんだ？」

弘美は反論しようとしたが、言葉を探している内に反論できなくなっているのに気づいた。

梶本はそんな弘美の言葉をしばらく待っていてから、また優しい笑顔で頷いた。

「社会的な意義なんて、なくてもいいんだ。たとえ別れが早まったとしても、真実を知らなければ心がおさまらない、自分を納得させることが出来ない、そんな依頼人の、気が済むようにしてあげる、それがこの仕事なんだ。俺は、そう自分に納得させることにした。俺の調査報告を読んでより不幸になる依頼人もいるだろう。だが、それも依頼人が自分で選択した道なんだ。そして、真実を知ることで一時はより不幸になったとしても、それがもっと大きな幸福への近道だということだってあるだろう。この世の中には、終わってしまった方がいい恋愛というのもあるし、解消した方がいい結婚生活というのもあるんだ。結局のところ、どんな道を選んでも、最終的にそれを幸せと結びつけられるかどうかは、依頼人本人の努力にかかっている。俺たち探偵の調査には、依頼人を幸福にする力も不幸にする力も、実は、ない。あると思うのは驕りだ。依頼人の気が済むようにしてあげる。俺たちにはそれしか出来ない。その後、依頼人がどんな選択をするのかは、俺たちが関与できる問題じゃない。君の場合もまったく同じだよ。容子さんを陥れた恐喝者が小山であると証明されたとしても、それだけでは誰も、今より幸福にも不幸にもならないんだ。由嘉里さんは生き返っては来ないし、容子さんの殺人の罪が軽くなるわけでもない。だが、それで君の気が済めば、君はその後、何かの選択をするだろう。大事なのはその選択であって、調査結果そのものじゃない」

梶本は、弘美の目をじっと見つめながら言った。

「復讐でなければ何なのか。復讐にしたくないと言うなら、どうしたいのか。君は、それを考えないとならないよ。調査結果が出た時、自分が何をすればいいのか、それをね」

3

待つ時間が長いのは辛いことだった。

エステサロンに出勤して店長室に入ってしまうと、後はパソコンの前に座って一日が過ぎてゆく。もちろん、遊んでいるわけではない。事務所の他の調査に関する書類の作成、ネット検索による下調べ、時には尾行チームの中継連絡も務めたし、仕事はたくさんある。だが自分の足で調査できないというのはなんとももどかしい。

小山はすぐに動き出していた。梶本は、自分を尾行している人間の存在に、弘美がサンライズ調査事務所を訪ねた翌日から気づいていた。だが焦(あせ)って仕掛けると小山に芝居だと見抜かれるおそれがある。梶本は慎重にことを運んでいた。そして弘美は、待つ以外にどうしようもなかった。

フランソワーズ・ミラン新橋店の店長、河合裕子は、弘美といくらも歳が違わない若手だったが、ヨーロッパとアメリカのエステサロンで十年近くも勉強して来た実力派らしい。今回の調査に協力してくれただけあって、熱烈な中瀬専務支持派だった。

「社長の考え方のすべてが悪いというわけではないんです」

河合はもともと話し好きなのか、自分の仕事の合間にちょくちょく店長室に戻って来ては、弘美を相手に喋っていた。

「企業として成長させる為には、多少は強引な方法が必要なのはわかっています。でもね、フランソワーズ・ミランにはエステサロンとしての理念があったはずなんですよ。ただ女の人のプロポーションを整えたり、肌の状態を改善するだけじゃなくて、そうした作業を通じて、女性が自分で自分のからだを知り、それを管理してよいコンディションに整えていけるようにする。エステティシャンはその為の手伝いをするんだ、っていう。なのに社長は、この薬を飲めば早く痩せられる、とか、このクリームを塗れば肌がつるつるになる、とかって、そのへんの通販のうたい文句みたいなことばかり、宣伝しようとするんです。もともとあの人は通販でダイエット用品なんか売っていた人だから仕方ないと言えば仕方ないんだけど、でもねえ、お金で商品を買えばこと足りるんなら、わざわざサロンに来てもらって、我々エステティシャンがそのからだに触れる意味はないでしょう？　人間の肌って本当に不思議なんですよ。その人のからだの調子とか、心の調子がすべて表れるんです。いつも指名してくださるお客さまだと、肌に触れただけで、あ、何か悩みごとがあるのかしら、とか、あら、何かいいことあったのかな、なんてことまでわかっちゃうんです。エステティシャンはその掌でお客さまと対話するんですよ、黙ったままで。だからわたしは、ただ痩せればいいって人にはエステはすすめません。エステティシャンの掌に自分の肌が触れることを喜んで貰えるお客さまに来ていただきたいし、喜んで貰えるようにするのがエステティシャンだと思ってるんです」

河合の自信に溢れた話しぶりに、弘美は魅せられていた。もちろん、弘美の今の月給ではエステに通うなどという贅沢はとてもできない。だが、黙っていても自分の肌が雄弁に何かを語る、というのはどんな感覚なのか、一度くらいは体験してみるのも、女として必要なことなのかも知れない。

女として必要。

弘美は、自分の考えた言葉に心の中で苦笑した。

なぜなのだろう、由嘉里が死んでから、自分は、女として必要なことをことごとく拒絶して生きて来た気がする。

たぶん、容子のあの時の顔が、脳裏に焼き付いて離れないせいだろう、と思う。

自分の犯行を認めた、あの時の容子の顔。

容子は、とても女らしい女性だった。その女性性の強さが、容子の人生を狂わせたように思えるのだ。

容子が固執したもの。それが容子を殺人にまで追い詰めた。

家庭の幸せとか、弟との関係とか……


「……だったんですよ。女性週刊誌の記事を見て本当に驚いてしまって」

「え？」

弘美は、耳に飛び込んで来た言葉にどきりとして我に返った。

「あの、今、なんて？」

河合裕子が話の腰を折られて当惑した顔をしている。

「すみません、考え事していたものですから聞き逃してしまって。あのでも、今、公園の砂場にゴミを埋めていた女性の話、なさってませんでした？」

「ええ。だからね、わたしのお得意さまのひとりだったんですよ、その人。とっても上品な女性で、そんな、公園の砂場にゴミを埋めて憂さ晴らしするような人にはまったく見えなかったんです。だって自分の子供も遊んでいる砂場に生ゴミを埋めていたんでしょう？　ちょっと信じられないですよね。ただね、彼女も肌が正直だったというか……たまに、マッサージしていて不安になるくらい、肌の調子が悪いことがあったんです。表面が緊張しているというのか、強ばってるというのか……固くなってしまって、指を受け入れてくれないんです。よっぽど強いストレスが溜まってたんでしょうね」

「あのでも……その女性って確か、サラリーマンの奥様だったんじゃ……エステってそんなにお安くないでしょう？　それほどしょっ中、通ってらしたんですか？」

「そうですね……うちはポイント制で、最初にまとめてポイントをお買い上げいただいて、その日のマッサージの種類とか施術によってかかるポイントが違うので、お好きなようにおつかいいただくシステムですけど、うーん、ごく一般的なフェイシャル・ケアで、九十分八百ポイントくらいですから、八千円ぐらいはかかる計算になりますよね。お買い上げいただく最低ポイント数は一万ポイント、十万円です。ごく普通の専業主婦が気楽につかえるお金ではない、と言われればそうなんですけど、でもね、探偵さん、今はけっこう多いんですよ。主婦でエステに通っていらっしゃる方って。お金はどうしているのか、そこまでは知りませんけれど、ほら、結婚前にお勤めしていて自分の貯金を持っているって主婦は多いじゃないですか。それに一人娘だったりすると結婚しても実家に甘えられて、お小遣いを貰っているって人もけっこういると聞いてますし」

桑野佳織。

弘美が昨年の秋に担当した仕事は、あるマンションの敷地内の公園で続いていた嫌がらせの犯人探しだった。その公園の砂場に生ゴミが埋められていたり、ブランコの座面にケチャップが塗り付けられていたり、と、暴力的とまでは言えないがかなり悪質な嫌がらせが続き、自治会が川村調査事務所に調査を依頼したのだ。弘美はその現場で、桑野佳織が砂場に生ゴミを埋めているのを写真に撮り、調査は終了した。桑野佳織はそのマンションに住む専業主婦で、自分も二歳になる子の母親だった。自治会は警察沙汰にしないよう桑野家にマンションを立ち退いてくれと申し入れたらしいのだが、佳織の夫はその申し出を拒否、結局は警察が介入する事態となり、佳織は書類送検された。女性週刊誌が取り上げて記事にしたとも聞いているが、いずれにしても、調査報告を終えてから以降のことは気にしても仕方ないので、弘美は、できるだけ考えないようにしている。だが桑野佳織のことはどうしても気になっていたことは事実だった。

自分の子供が遊んでいる砂場に生ゴミを埋める。

その感覚が、弘美にはどうしても理解出来なかったのだ。もちろん、注意していればその子がそのゴミに手を触れないように防ぐことはできる。だがそれは同時に、愛する我が子の楽しい遊びを奪うことでもある。もし桑野佳織がマンションの住民や、公園ママ仲間に対して憎悪を抱いていたとしても、他の方法で鬱憤を晴らすことは出来たのではないか。どうして、なぜ、自分の子を巻き添えにするような方法を選んだのか……

「ひとつだけ、あの週刊誌の記事を読んだ時に思い出したことがあるんですよね」

河合が、眉を寄せ、秘密を打ち明けるように声を潜めて言った。

「フェイス・マッサージのあと、パックをするんです。二十分くらい、パック剤をお顔に塗ったままじっとしていていただくんですよね。で、その間はゆっくりお休みになれるように、静かな音楽をおかけして施術室を暗くするんです。マッサージで緊張がほぐれて眠くなっているので、ぐっすり寝入ってしまわれる方も多いんですよ。ある時、あの方がぐっすり寝ていらしたんでお起こししようと思って近づいたら、寝言が聞こえたんです」

「寝言？　どんなふうな？」

「それが」

河合は、困ったように笑った。

「わたしの聞き間違えかも知れないんですけど……復讐してやる、そう聞こえてしまって。わたし、とても驚きました。だってそんな言葉を口に出すような人には見えませんでしたから。でも、わたしだってたまにとんでもない夢を見ることはありますからね。あら、ごめんなさい、なんだか余計な話をしてしまったみたい。気にしないでね」

河合は弘美の表情の険しさに気づいたのか、曖昧に笑って部屋を出て行った。

＊

そんなことをして何になる?

弘美は、また同じ問いを心で繰り返しながら、それでも歩くことを止められずにその場所へと向かっていた。

桑野佳織が離婚して、子供と共に暮らしているアパート。そのアパートのすぐ近くの児童公園。

平日の午前中、エステサロンを出て弘美はそこに向かった。尾行されていないかには充分に気をつけていた。だが事務所には許可を得ていない。梶本に言えば怒鳴られるだろう。

調査報告書を出した後の、依頼人や調査対象者の人生には介入してはいけない。その理屈はわかっている。だが、どうしてもひとつだけ、確かめたいことがあった。

水谷佳織。それが今の彼女の名前だった。彼女は、数人の公園ママに混じって子供を砂場で遊ばせていた。屈託なく笑う顔は晴れ晴れとして楽しそうだ。幸い、彼女が引き起こした事件について、ここにいる母親たちは何も知らないようだ。

弘美は、どうすればいいか迷いながら、離れたところのベンチに座って佳織たち母子を見つめていた。

なんだか、もうどうでもいいことのように思えて来る。こだわっている自分が馬鹿なのだ。

母子は今、幸せそうだった。それでいいじゃないの。余計なことはしないで、そっとしておいてあげるべきよ。

弘美が帰ろうと腰をあげた時、佳織が砂場のへりから立ち上がり、ベンチに向かって歩き出した。弘美は緊張した。佳織が自分のことを知っているはずはない……はずはないけれど……ただ、もし自分が想像した通りだったとしたら。

佳織が微笑んだ。そして、弘美の横に座り、言った。

想像は当たっていた。

弘美は、ごくり、と喉を鳴らした。

「探偵さん」

「必ずまた会えると思ってました。そのうちにあなたは、真相に気づいてわたしに会いに来るって」

「水谷さん……」

「そうよ」

佳織はクスクスと笑った。

「わたし、知っていたの。あなたが写真を撮っているのに気づいていて、わざと砂場に生ゴミを埋めたのよ。嫌がらせを続けていたのはわたしではありません。他の誰かよ。きっとあのマンションの住人に恨みでも持っていたんでしょうね。わたしは、自治会が私立探偵を雇ったという話を耳にして、自分が犯人になろうと思った。……他に方法がなかったのよ。離婚する方法が。夫は絶対に別れないと言い張っていた。見栄っ張りで自分のことしか考えない男。離婚なんてそんな体裁の悪いことは絶対に駄目だ、みっともなくて会社に行かれなくなる。言うことはそれだけ。ずっとわたしを裏切って他の女と付き合い続けて、それがバレても、わたしが愛想がなくて冷たい女だから浮気したんだって開き直って。その上……あの子が自分の子じゃないと言い出したのよ。ぜんぜん似てないって。それなら検査でもなんでもしてって泣いたわ。なのに、また、そんな検査なんてみっともないことができるか、と怒鳴られた。あいつの心配していたのは自分の体裁だけ、我が子のことまでわたしをなじって自分を正当化する為に、自分の子じゃないと切り捨てた。だったらその体裁をズタズタにしてやればいい……わたしと結婚生活を続けること自体がみっともなくて出来ない、そう思わせるしかない。それしか、自由になる方法はない。……ごめんなさいね、探偵さん。あなたを利用してしまって。でもおかげでわたし、自由になれた。それだけじゃないわ……あの男に最大級の復讐も出来た」

　佳織は、おかしさを堪え切れない、というように口に掌をあてて笑った。

「自治会の人たちの前で、あなたの撮った写真を見た時のあいつの顔ったら！　本当に、胸がスッとしたわ。それに警察で、夫の浮気のせいで精神がおかしくなっていたんです、と泣きながら訴えた時、わたしをなじろうとして、刑事に怒鳴りつけられたのよ、あいつ！　あんたが奥さんを裏切ったからここまで奥さんが追い詰められたんだ、少しは反省したらどうだ、ってね。あいつはそれでも、わたしを苦しめようとして親権は渡さないと言い張ったの。でも、あの子が自分の子じゃないって、あいつったら自分の親にさんざ言っていたらしいのよ。それがバレて、親権もわたしのもの。

何もかも、望み通りになった。すべてあなたの写真のおかげ。週刊誌の記事になったのは誤算だったけど、人殺しをしたわけじゃなかったから名前だけで写真は出なかったし、その名前も桑野であって、水谷じゃないものね。住む町を変えれば何も問題ない」

佳織は立ち上がった。

「もう一度、お礼を言わせてくださいな、探偵さん。わたしね、私立探偵なんて最低の職業だと思っていたの。他人の私生活の秘密を暴く仕事なんて、あまりにも卑しい。夫が浮気しているとわかった時も、探偵にだけは頼みたくないと我慢したのよ。そんなことして証拠をあいつに突き付けても、それじゃあいつ以下の人間になる、そう思ったから。でもあなたがいなかったら、わたし、自由になることが出来なかったし、あいつに復讐も出来なかった。復讐って、やっぱり卑しいことよね。野蛮だわ。でも復讐しなければ、わたしはあたまが変になっていたかも知れない。人間の心にとっては、やられたらやり返すことって、やっぱり必要なんだと思うの……そうした最低の行動が、心を救うことって、あるのよね。私立探偵なんて最低の仕事が、わたしとあの子を救ってくれたのと同じに」

佳織は会釈して砂場へと戻って行く。彼女を迎えるのは、近所の主婦たちの詮索好きな笑顔と子供たちのあげる甲高い声。

弘美は座ったままでいた。

立ち上がることは、しばらくの間、出来なかった。

求愛

1

仕掛け調査は順調に運んでいた。

わたしの復讐は、いよいよ、大詰めだ。

弘美は、古いオルゴールの蓋(ふた)を開けた。子供の頃に、海外旅行をした叔母が土産(みやげ)に買って来てくれたものだ。東欧のどこかの国、チェコだったかハンガリーか、手作りの工芸品で、木製の表面には陶器の絵が付いている。ねじを巻けば、もの哀しい音がぎこちなく、ハンガリア舞曲のメロディを奏でた。その中には、弘美のこれまでの人生で忘れ難いものたちの形見が入っている。子供の頃から十数年も一緒に暮らした愛猫の毛は、病死したあとでお気に入りだったクッションから一本ずつ集めたもの。本物の瑪瑙でできた赤い指輪は、松江に旅行した両親が買って来てくれたもの。大学生の頃、友達と遊びに行ったサイパンで、シュノーケリングをしながら集めた南洋の貝殻。他にもたくさん、他人から見たらゴミかがらくたにしか見えない思い出のかけらが収まって、オルゴールは満杯になっていた。

そのいちばん下に、滲んだ文字で文面のところどころが読めなくなった、押し花のついた絵葉書がある。弘美の人生を大きく変えることになった、一枚の葉書。親友だった由嘉里が、死の直前に弘美に宛てて投函した葉書。それを書いている時、由嘉里はもちろん、自分が二時間後に死ぬ運命であるなどとは知らずにいた。が、彼女は、大きな悪意の渦に巻き込まれ、若く美しい命をなくした。

由嘉里の死に直接の責任があるのは、彼女を殺した人間だ。しかし、そこまでその人間を追い詰めたのは、弱い人々を食い物にしている卑劣な連中だった。その連中は今、サンライズ調査事務所と名乗って私立探偵業をしながら、金になるカモを探している。そして弘美は、今、自分が勤める探偵社に対して自分で依頼人となり、サンライズ調査事務所とそのボスである小山健次を罠にはめるため、仕掛け調査を行っている最中だった。弘美は、内紛で揺れる大手エステティックサロンのエステティシャンをよそおい、恋人の浮気を調査して欲しいとサンライズ調査事務所に持ちかけた。先輩探偵の梶本が、弘美が演じるエステティシャンの架空の恋人、浮田修になり、サンライズ調査事務所が動いている中を、わざと、内紛の一方の当事者であるサロンの専務取締役・中瀬美奈によく似た女と連れ立ってラブホテルに入る。内紛のもう一方の当事者は、社長の杉村京子。杉村は裏世界と繋がりを持っていて、中瀬美奈の弱点を探そうとサンライズ調査事務所に中瀬の身辺調査を依頼している。浮田修は単身赴任中の、化粧品メーカーの営業マンで、サロンに仕事で出入りするうちに弘美と恋仲になったが、実は妻子がいる、という設定。つまり中瀬美奈は妻子ある男と不倫していることになる。普通ならば、梶本扮する浮田修が中瀬とラブホテルで密会しているという情報をつかんだら、依頼人である杉村にそれを報告するだろう。が、小山健次はそんなまっとうな探偵ではなかった。小山なら、きっと中瀬を脅迫するに違いない。その脅迫の証拠を揃え、小山健次を警察に逮捕させるのが、今回の仕掛け調査の目的だ。もちろん本物の中瀬美奈とは打ち合わせを重ねており、梶本が浮気をよそおう時間帯には完璧なアリバイを作って貰っているし、中瀬によく似た女性、というのも探偵業界に身をおくプロの中から梶本が探し出して来た女性だ。中瀬美奈にしてみれば、敵対する杉村が調査を依頼した私立探偵が警察に逮捕されれば、杉村と裏社会の繋がりを世間に告発するいい機会になる。

弘美はため息と共に、絵葉書をオルゴールの中に戻した。

って来ない。それでも、自分自身の気持ちをなだめる為に、弘美は貯金をはたいて仕掛け調査を自分の探偵事務所に依頼したのだ。たぶん、仕掛けはうまくいくだろう。そして間接的にであれ由嘉里の死に責任のある男は、警察に逮捕される。が、脅迫だのなんだのと細かい罪状だけでは、実刑になったとしても長くてほんの二、三年。刑務所を出れば、あの男はまた同じことをする。大金を払って弘美がしようとしていることは、あの男の曲がった人生を、ほんのわずかの時間、刑務所という別の世界に隔離する、ただそれだけのことなのだ。そしてあの男は、自分を罠にかけたのが弘美だと、いつか突き止めてしまうかも知れない。関係者がどれだけ口をつぐんでも、蛇の道は蛇。私立探偵という仕事を隠れ蓑にして裏世界を歩いて来た男だけに、探偵業界にはそれなりの情報網を持っているだろう。小山健次は、必ず、仕返しを考える。

何もかも失うかも知れない。命まで、危うくなるかも。

それでも、やる、と決めたことだから。

気掛かりなのはむしろ、小山健次を警察に逮捕させるという目的が果たせた後のことだった。それから後、自分はどうしたいのか。何をしたいのか。

このまま私立探偵を続けるのか。

弘美には、私立探偵という仕事が自分に合っているのかいないのか、それすらも判断できない。梶本の言葉をそのまま信じるなら、この一年余りで弘美はとてもいい探偵になった、らしい。だが自分でその自覚はなかったし、いい探偵、というのがどういうものなのか、それも曖昧模糊として摑めない。ただひとつだけ、確実に理解出来たことは、探偵は依頼人より優位に立つことはできない、そのことだけだ。依頼人の秘密を知ってしまう立場にいながら、探偵は決して、依頼人に君臨することはできない。依頼人は、弘美が当初考えていたよりもずっとしたたかで、利口なのだ。小山のような男はそれを勘違いしている。弘美が今度の復讐を行わなかったとしても、依頼人を脅迫して荒稼ぎしている小山は、いずれ、手痛いしっぺ返しを喰らうに違いない。

＊

弘美は、中瀬美奈のアシスタントとして本社に出勤するようになっていた。毎日、いつもの時間に中瀬美奈のオフィスに入って弘美用に置かれた事務机についた。中瀬美奈は、四十代半ばという実年齢より十歳は若く見え、短くした髪を明るい色に染めて、少しきつめのメイクをいつも完璧にほどこし、隙のないビジネススーツに身を包んでいる。背も高く、全体に大柄でいながら機敏な印象を与えるボーイッシュな女性だ。二十代の終わり頃、それまで勤めていた大手銀行を辞めて単身で北欧に渡り、北欧流の自然派エステの技術を身につけ、帰国して、フランソワーズ・ミラン・エステサロンに入社した。当時、フランス系アメリカ人で自然派エステの女神（ミューズ）と呼ばれ、アメリカで大変な人気を持っていたフランソワーズ・ミランが、自分の名前を冠したサロンを日本で展開する、というのは、美容業界では大事件だったらしい。フランソワーズ・ミランは、日本女性の肌の美しさにほれ込んだとされ、日本食や日本の伝統行事などに活かされた、自然と一体化して美しくなる、という美の思想を理想に掲げていた。中瀬美奈は、することもなく事務処理の手伝いをかって出た弘美に、その頃のサロンがいかに素晴らしいところだったか、飽きずに何度でも、話して聞かせてくれた。中瀬美奈にとっては、フランソワーズ・ミラン・エステサロンが自分の人生で最も大事なものであり、それを台無しにしてしまった杉村京子のことが、どうしてもゆるせないのだろう。しかし物事はすべて、裏と表、二つの側面を持つものだ。中瀬美奈にとっては害虫のような存在の杉村京子が、サロンのカリスマとしてテレビに出まくり、女性雑誌の表紙を飾り、身を粉にして宣伝につとめて来たからこそ、バブル崩壊後のエステサロン戦国時代にも経営が傾くこともなく、フランソワーズ・ミラン・エステサロンは成長を遂げられたのだ。名前と理念だけ提供しただけで、あとはろくに会社の面倒もみずにさっさとアメリカに引き揚げてしまい、利益の上前だけハネているフランソワーズ・ミラン女史よりも、杉村京子の方が、よほどサロンに貢献した、と考えている者は、社内にも多くいる。

弘美は心のどこかで、杉村京子を気の毒に思っている自分に気づいていた。もし、サンライズ調査事務所に敵の弱点を探る仕事を依頼したのが杉村ではなく中瀬だったとしたら、自分は当然、杉村側についていたはずなのだ。今度の仕掛けが成功すれば、杉村京子は失脚する。しかし弘美の復讐の対象は小山であって杉村ではない。自分が中瀬美奈の陣営に味方しているのは、単なる偶然、巡り合わせに過ぎない。どちらの言い分が正しいのか、どちらの方針の方が未来が明るいのか、そんなことはすべて、無関係なのだ。

そのことが、弘美にはとても、むなしかった。中瀬美奈が自分を信頼し、幸福そうに自分の理想について、理念について語り、弘美に同意を求めるたびに、弘美は愛想笑いをし、適当に相づちを打ち、気安く同意する。が、その実弘美にとって、エステサロンの未来などどうでもいいことであり、中瀬美奈の理想など、右の耳から入ればそのまま左に抜けてしまう程度のものでしかない。

「あら、いいのよ、そんなことしなくても。探偵さんに事務仕事なんかさせたら申し訳ないわ」

キャンペーンのパンフレットを整理していると、中瀬が弘美の手からファイルを持ち上げた。

「まあ、懐かしい。昔のキャンペーンの資料ね」

「箱に入ったまま、机の下に置きっぱなしだったみたいです」

「たぶん、このビルに本部が引っ越しした時、広告宣伝部に行かずにここに迷い込んでそのままになっていたのね。この自社ビルを建てる前は、六本木の雑居ビルを借りていたのよ。あの頃は、みんななんでも屋だった。肩書きは総務部だの広告宣伝部だのって分けてあっても、人手が足りなかったから、手の空いてる人はどんな仕事でもしないとならなかったのよ。ほら、このパンフレット、わたしのアイデアよ」

中瀬美奈は、ファイルから一枚の二つ折りパンフレットを取り出し、広げた。見開き全面に、鶴の写真があった。

「まあ、綺麗……丹頂鶴ですか」

「ええ」

「二羽がまるで……ダンスでもしてるみたい。首をからめあってるこの写真なんか、芸術ですね」

「有名な、鶴の求愛のダンス。発情期に雄と雌が鳴き合って、ダンスするんですって。夫婦になってからも、愛情を確かめ合う時にはダンスするらしいわ。……素敵よね、本当に。人間の求愛もこのくらい美しければいいのに。この写真ね……わたしの昔の恋人が撮ったものなの」

「カメラマンでいらしたんですか」

「ええ。大型の鳥ばっかり追いかけて撮ってる変わり者だった。鶴は特に好きで、シーズンになると夢中で追いかけてたわ。このパンフレットは、ブライダル用の短期集中エステのものなの。鶴って縁起のいい鳥だから、結婚のイメージにぴったりだし、愛し合っている感じがこのダンスによく出てるでしょう。でもほんとは、パンフの為に撮って貰ったものじゃないのよ。当時は経営もいっぱいいっぱいだったから、カメラマンに払うギャラももったいなくて、彼のフィルムストックの中から、イメージに合うものを選んで貰って、わたしの誕生日のプレゼントにちょうだい、ってねだったの。彼、苦笑いしながらこの写真をくれた。……仕事に使うなんて言わないで、部屋に飾りたいって、嘘でも言えばいいのに、おまえってかわいくないよ、って。でもわたし……これを見た時、本当に感動したの。わたしにはわかったのよ。彼、いちばん気に入っている写真をくれたんだ、って。……わたしはいつも、会社のことばかり考え、あの人はいつも、鳥のことばっかり考えていたけれど……わたしたち、愛し合っていたのね、それでも。いつか、二人とも一息つける日が来たら、友達に囲まれたささやかな式を挙げて……二人だけで、南太平洋のどこかの島で、数日、過ごそう。それが夢だった」

中瀬は、深くため息をつくと、鶴のパンフレットをファイルの中にしまった。

「若かったから、時間は無制限にあると錯覚していたの。いつだって、ベッドに入れば必ず明日が来て、明日は今日よりずっといい日に違いない、そう妄信していられた。

……でも、突然、わたしとあの人との関係は時間切れになってしまった。あの人、雑誌の仕事でカナダに出かけてね、森林地帯で……ヘリが落ちちゃった。深い原生林の真ん中で、遺体を回収するのに随分かかったそうよ。お葬式の時は遺体がなくて、棺の中に入っていたのは、あの人の写真集が何冊か、だけだった」

弘美は、言葉を失い、手にしたファイルを足下の箱に入れるのがやっとだった。

「あら、ごめんなさい。ついつい昔話なんかして」

中瀬は笑った。無理はしていない、自然な笑い声だった。

「そんな深刻そうな顔、しないでくださいな、探偵さん。ほんとに昔の話なのよ。十五年近く前のことよ。わたし、あの人に操（みさお）を立ててます、ってわけじゃないし。あの人が死んで、わたし、とにかく仕事していれば何も考えなくてすむから、って、サロンの為に前より一層、のめり込んで働いたの。で、ふと気づいたら、もうあの人のことは思い出になってたわ。人間の心って強いものよね。そして、けっこう、クールなのよ。それから何度か恋だってしたし。でも、なんとなくいつもうまくいかなくて、結局こうやって独身でいるわけだから、ロマンチックな見方をすれば、あの人との恋がまだ完全には終わっていない、そういうことなのかも知れないけれど。でもそういう考え方って、美しいけれど後ろ向きよね、やっぱり。あの人は死んだ。もうこの世にはいない。だから新しい恋をする。して何が悪いの？　って開き直る方が、わたしらしくていいでしょう？　探偵さんのおかげで、久しぶりにあの鶴の写真を見られたわ。ちょうどね、この冬のテレビＣＭのアイデアを考えていたところだったの。丹頂鶴って冬の鳥だし、求愛のダンスはとても芸術的、あなたがそう言ってくれたから、インスピレーションを得られたわ。この冬のテーマは、愛を求めて、ね、どう？　積極的でいいと思いません？」

弘美は頷（うなず）いた。亡き恋人の思い出にひたっていたのはわずか数分のこと、中瀬美奈はもう、エステ・チェーンの実質的な経営者としての顔に戻っている。

「写真より動く方が断然いいわよね。丹頂鶴の求愛シーンを撮影したビデオフィルムを探さなくっちゃ。シーズンになってから撮影していたんでは間に合わないし、どうしようかしら。日本じゃないところでなら、もっと早く丹頂鶴が見られるかしら」

中瀬はすでに弘美のことなど眼中になくなり、机の引き出しから書類を取り出しながら電話をかけ始めた。機関銃のように電話の相手に喋（しゃべ）り、切り、また別の電話をかける。中瀬が猛然と仕事を始めると、その迫力には圧倒される。この女性は、このサロンの経営に命を懸けている。杉村京子もきっと同じなのだ。杉村は杉村で、やはり命懸けで、会社を守ろうとしている。だが二人の方針は対立し、互いに、相手のやり方では経営に致命的だと思い込んでしまった。それがこの戦争を引き起こした。もし、杉村と中瀬の間に立って、二人の女の方針を調整し、協力させることができるだけの策士が存在していたとしたら、これほど激しい対立は生まれなかっただろうし、結局のところ、その方が、エステサロンの将来にとってはプラスだったに違いない。

杉村京子が失脚した時、中瀬美奈にとっては本当の試練が始まるのだ。杉村京子というカリスマ、絶対のイメージキャラクターを失って、はたして、中瀬の理想だけでこの会社は前に進むことができるだろうか。

探偵の存在は、何も解決しない。また今度も、繰り返されるその言葉に、弘美は胸を締めつけられる。

2

「悪いな、昼間もずっと出てるのに、夜まで頼んで」

「構いませんよ、昼間は仕事っていっても何もありませんから。ただ中瀬さんのオフィスに座っているだけですもの。小山たちはまだ動かないんでしょうか」

「もう数日でカタがつくよ。サンライズ調査事務所が浮田修について調べ始めた形跡があるんだ」

「でも……中瀬さんは独身ですよね。浮田修に妻子があるというだけで、脅迫のネタになると考えるかしら、小山たち」

「杉村京子はかなり焦(あせ)ってる。杉村が頼みの綱にしている、S.N.コーポレーションのダイエット用ドリンクの販売実績がかなり落ち込んでるんだ。類似商品を大手の製薬会社が販売して、がんがんテレビで宣伝してるのが響いてるんだろう。このまま売り上げが減り続ければ、中瀬だけじゃなくて他の幹部連中からも、本業のエステサロンだけに集中しろって声があがるからね、そうなると杉村の社内での力は大幅にダウンすること必至だ。ここ数年、杉村は、手っ取り早く利益になる健康食品やダイエット補助食品、化粧品なんかの販売に夢中で、エステサロンそのものは、中瀬に任せっぱなしでいた。今さら実権を返せと言っても、中瀬がおとなしく返すわけがないからな。ただ彼女には、テレビって強い味方がある。なんだかんだ言っても、世間は、フランソワーズ・ミランといえば杉村京子、というとらえ方をしてるわけだ。目の上のたんこぶの中瀬さえ失脚してくれれば、たとえ健康食品や化粧品の事業を縮小することになったとしても、もう一度、エステの女王としてサロン経営の実権を握れる、杉村はそう考えているはずだ。妻子のある男と不倫してるってのは、小さいネタではあるが、イメージを大事にする業界だけに、暴露されれば痛手は大きい。杉村としては、できるだけ早く中瀬に爆弾を投げつけて、一気に勝負を決めてしまおうとするよ。俺の勘では、あと三日以内に、中瀬のところにサンライズから電話が入るな」

梶本は、不敵に微笑んでから、コピーした紙を二枚、弘美の手に渡した。

「それじゃこれ、今夜の手順ね。君の担当時間は、午後十一時から午前二時までの三時間。君の前にはうちの葛城、君の後は、光洋探偵社の三井って人が来る。一晩中、車の中で俺がサポートに入ってるから、ターゲットが外出したらすぐに携帯で俺を起こしてくれ。尾行は他の者がするから、ターゲットが外出しても、君は午前二時まで持ち場を離れないこと。マンションを出入りする人間は、すべてビデオに録る。ターゲットの部屋のあかりが消えたら、その時刻も記録すること」

弘美は指示書を読み、梶本にひとつずつ確認して貰って指示書をバックパックにしまった。

「梶本さんは徹夜ですか」

「車ん中で仮眠するよ。今日で三日目だけど、昨日も一昨日も空振りだった。今日も何も起こらない可能性が高いんじゃないかなあ。今度ばかりは、桜井さんの見込み違いかも知れない」

桜井、というのは、弁護士の桜井隆文。利益の出ない刑事事件も積極的に扱う人権派の弁護士で、特に、冤罪事件を得意のひとつとしている。今回も、強姦未遂と強制猥褻で逮捕されたインド人留学生の弁護に関係する調査らしい。留学生は合意の上での関係だと主張、被害届を出した女性とは半年近く交際していたと言っているのだが、周囲の友人にも交際を内緒にしていたらしく、客観的裏付けが出来ない。梶本の説明では、留学生は被害者に酒を飲まされて誘惑され、性行為に及んだが、その時、被害者からＭＤＭＡを勧められた。留学生は恐くなって、一線を越えずに被害者をおいて帰宅、これに怒った被害者が、警察に被害届を出した、という流れだったようだ。桜井弁護士は、女性が被害届を出したのは、単に自分のプライドを傷つけられて怒ったからではなく、留学生がＭＤＭＡのことを警察か大学に通報することを見越して、先手を打ったとみている。つまり、破廉恥な行為を女性に仕掛けるような男の言い分など警察は信じないだろう、という計算だ。実際、女性の策略は当たり、逮捕されてから留学生がＭＤＭＡのことを話しても、まともにとりあって貰えなかったらしい。

　桜井弁護士による予備調査で、問題の女性には暴力団関係者の男の影があることが判明した。しかもこの女性が、深夜の六本木でＭＤＭＡを販売していた、という目撃証言もどこからか拾って来た。この時点で桜井弁護士は、女性の尾行と、深夜の張り込みをうちの探偵事務所に依頼した。たとえ女性が訴えを取り下げて留学生が不起訴になっても、探偵事務所の費用までは払えないだろう。桜井弁護士は赤字覚悟で勝負に出たわけだ。女性が合成麻薬の売買に手を染めているという証拠が摑めれば、それをちらつかせて女性に訴えを取り下げさせることが出来る。しかし証拠が摑めなければ、密室での男と女の出来事では、勝ち目がない。実刑になることはないだろうが、執行猶予付きでも有罪判決が出れば国外退去処分は免れず、留学生は志半ばにして帰国しなくてはならない。しかも、日本で法律に反して有罪判決が出たとなれば、その後もいい条件で留学したり勉強を続けることは難しい。インドでは、貧困から抜け出す最短の手段が、教育を受けてIT関係のスペシャリストになることだそうだが、貧富の差はおそろしいほどの速度で開いていて、今や、充分な教育を受けてIT関連の仕事に就けるのは、ほとんど、裕福な家庭の子供たちらしい。貧困家庭に生まれれば、すでにチャンスの大部分は失っているわけだ。そんな中で、今回の留学生は、稀な幸運を摑んでようやく日本の大学に留学するところまで漕ぎ着けた、貧困層出身の青年なのだ。桜井弁護士が、自腹を切ってでも助けたいと思う気持ちはわかる。

だが、梶本は、女性が六本木で薬を売っていた、という情報の出所が、どうも怪しいと言う。桜井弁護士の焦りにつけ込んで、ガセネタを売りつけた奴がいるのではないか、というのが梶本の意見だった。問題の女性が麻薬の密売に関係しているのが事実だとしても、誰かに見られるような場所で堂々と販売するはずがない、と。それでも桜井弁護士は、可能性が少しでもあるなら調査して欲しいという意向だったようで、一昨日から、二十四時間態勢で尾行と張り込みの調査が行われている。一週間も続ければ、かなりの調査料金がかかる。いくら人権派が売りものでこの一件でも勝てば宣伝になるとはいえ、日本では、アメリカのように企業から多額の賠償金がとれる個人訴訟などはまずないので、赤字を埋め合わせられるような依頼にありつけるチャンスはそう多くないだろう。桜井弁護士の為にも、今夜、何らかの動きがあって調査の目的が達成できればいいのに、とは思う。が、所詮、弘美も梶本も、インド人留学生の事件そのものとは何の関係もないアカの他人だ。その留学生が天才的な嘘つきで、本当に女性に強制猥褻を仕掛けておきながら人権派弁護士を泣き落として騙している可能性だって、ゼロではないのだ。結果が出ようと出まいと、夜間張り込みの調査料金は、割り増し価格できっちり請求し、その中から弘美にも給料が支払われる、ただそれだけのこと。

そう考えて、弘美は思わず、自分で自分のことが情けなくなった。そんなに嫌なら、私立探偵なんて辞めればいい。辞めて、昔のように、翻訳の仕事でひっそりと生活していけばいい。自分の仕事に対して誇りが持てない人生に、いったい、どんな意味がある？

でも心のどこかに、この仕事を続けたい自分がいることも、弘美は知っていた。小山に対しての復讐が成功した後も、探偵という仕事を続けたがっている自分。いったい何の為に？　何が面白くて？

わからない。思い出せば苦い味ばかりの日々だった。依頼人に、あるいは調査対象者に騙され、蔑まれ、哀れまれた記憶だけが、鮮明に心に刻まれている。感謝されたことなど、いったい何度あっただろう。仕事なのだから、報酬以外のものを期待する方が間違っている、それはわかっているけれど……達成感、というものに無縁のまま、どうして自分は、それでもこの仕事を続けたいなどと思うのだろう。

*

葛城は五十代半ば、私立探偵業界に入ってもう二十年になる大ベテランだ。大学を出てすぐに大手の信用調査会社に入り、企業関係の調査のエキスパートになって外資系の調査会社に引き抜かれた。マニラ、シンガポール、ホーチミン・シティなどと東京を週に何度も往復する生活を十年余り続け、本人の言葉によれば、肉体的にぼろぼろになって、その会社を辞めた。徹夜で張り込みするくらいは、飛行機の中でしか寝られないような生活と比べればなんでもない、と言っている。がっしりとした体格で、学生時代はラグビーの選手だったらしい。英語の他に、日常会話程度ならばタガログ語やベトナム語、フランス語など数カ国語を操り、柔道の有段者でもある。しかもパソコン関係にも詳しく、若い連中にまったく負けていない。葛城の顔を見るたび、弘美は、葛城のような人間こそ私立探偵にふさわしいのだ、と思う。そして自分と引き比べて、劣等感に気が重くなる。だがそんな弘美に、葛城は不思議なほど優しかった。

「君みたいな人の方が、私立探偵に向いてるんだよ、ほんとは」

葛城はいつも、弘美が元気をなくしているとそう言ってくれる。どうしてですか、と訊ねようと思うのだが、葛城はその問いを察すると笑いながら首を振って、問うな、と目で言うのだ。自分で考えなさい。葛城は暗にそう言いたいのだろう。その言葉の意味を自分で考えることでしか、おまえの道は開けないぞ、と。

「弘美ちゃんか、次は」

葛城は腕時計を見た。交代時間ちょうどだ。

「ターゲットは七時二十分くらいに帰宅して、ずっと部屋にいる。あの窓だ」

葛城の親指の先がくいっと動いて、目の前のマンションの、三階の東端の部屋を示した。

「そこにも書いてあると思うけど、このマンションには裏口がない。裏は別のマンションの壁と接していて、セキュリティシステムがついているから、隙間(すきま)を歩くこともできないはずだ。明日の朝が生ゴミの収集日なんで、さっきから住人がゴミ捨てにちらほら出て来てる。玄関を出て、向かって左にまわりこんだ横がゴミ置き場。ターゲットはまだ現れてないが、もしかするとゴミ捨てに出て来るかも知れないな。ほんとは夜に捨てたらいかんのだろうが、ターゲットの仕事は確か、ネイルアーチストだっけ？　いつも仕事に出るのは昼からだから、朝早くゴミ出しするのは辛(つら)いだろう。でもゴミ袋下げてるからって安心するなよ。ターゲットの顔写真は持ってるな？　化粧が濃いめの女だから、素顔になったりすると感じが変わるかも知れない。ちょっとでも怪しいと思ったら梶本に連絡しろ」

葛城は、ポケットから何か取り出して弘美に手渡した。

「これ、余りもんだけどよかったら夜食にしてよ。じゃ、俺はこれであがる。また明日」

素早く立ち去った葛城が弘美に残して行ったのは、メロンパンだった。紙袋に入っている。焼きたてのメロンパンを売ることで人気のチェーン店の袋だ。弘美はパンをバックパックに入れ、植え込みのサツキの間に蹲った。葛城が四時間も座っていた場所だ。

ターゲット、つまり、インド人の青年を警察に訴えた女性の名前は、石野真理子。ひとり暮らし。出身は島根県。高校卒業後に上京し、食品販売会社に入社。派遣された都内のデパートで、食品販売の仕事を三年勤めて辞め、キャバクラ嬢になった。夜はキャバクラに勤め、昼はネイルアートの講習を受けて、昨年からはネイルケアのサロンに入社して働いている。キャバクラでも週に二日は働いていて、インド人青年とはそこで知り合った。青年は、そのキャバクラで皿洗いのバイトをしていたのだ。この東京では、あまりにも月並みな男と女。

上京した時、石野真理子はどんな夢を抱いていたのだろう。東京という町で、何を得たいと願っていたのか。ほんの五年で、彼女の人生は大きく曲がってしまった。桜井弁護士が睨んだ通りだったとしたら、石野真理子がインド人留学生にちょっかいを出したのは気まぐれなどではなく、その青年を通じて、留学生たちに麻薬を売りさばこうという冷酷な計算の上でのことだったに違いない。そのあげく、留学費用を薬を買う為に使い果たし、学校に行かなくなり、やがて暴力団や海外から東京にやって来て組織を作りつつあるマフィアまがいの連中に取り込まれ、手先にされる。運び屋にされたり、強盗の手伝いをさせられたり……

石野真理子は、貧困層から這い上がる為に必死の思いで勉強をしようとしている青年をそうした地獄へといざなうことに、かけらでも良心の痛みを感じていたのだろうか。

真理子の部屋のあかりは、午前零時をまわっても消えなかった。カーテンは閉じられていたが、隙間から漏れる室内の光が、四角く地味なイルミネーションとなって、東京の白い夜を照らしている。

そう、東京の夜は白い。黒くないのだ。街灯や広告イルミネーション、残業しているオフィスビルの窓など、光を発するものが多過ぎる。夜がこんなに明るいから、東京の人々は、眠れない苦しさをまぎらわす為、夜の中を徘徊するようになる。優しい暗い夜、おだやかに黒い夜を、きっと、みんな求めている。だが求めても求めても、瞼を閉じていてさえ白く見える夜は、騒々しく、心をかき乱し、静かな眠りをゆるさない。

ふと、真理子の部屋のカーテンが揺れたような気がした。目の錯覚だったのだろうか。ほんの一瞬。

弘美は緊張し、いつでも連絡がとれるように、携帯電話を握り締めた。

ゆっくりと数を数える。練習を積んだので、時計を見なくてもほぼ正確に、分単位が計れるようになった。百二十三、と数えたところで、玄関にその姿が見えた。石野真理子だ。写真で見た通りの、明るい色に染めた長い髪。後ろでひとまとめに縛ってあるのは、家にいる時のスタイルなのだろう。背が高く、スタイルがいい。特に脚が綺麗だ。七分丈の白いサマーパンツを穿き、上には黒いタンクトップ。水色と白のチェックのシャツを羽織っている。手には、東京都指定のゴミ袋をぶら下げていた。葛城の読みが当たって、早起きしてゴミ捨てするのはまっぴら、と、規則違反だとわかっていても前の晩からゴミを出してしまうつもりだ。踵の高いサンダルは、弘美の感覚では普段着に合わせるものとは思えないが、ミュールが流行してからは、よそ行きのミュールとゴミ捨ての時につっかけるサンダルと、ぱっと見ただけでは区別がつかないようなものがたくさんある。夜道にサンダルのスパンコールがきらきらと輝いているが、ああして普段履きしているのだから、あれは安物なのかも。羨ましいほど膝から下が長い。顔は、特別美人というほどでもないのだが、スタイルはとてもいい。ああした体型に育ってしまったことが、石野真理子の人生を曲げた一因なのかも知れない。

マンションを左手に曲がって、石野真理子の姿は視界から消えた。そこにゴミ置き場がある。弘美はまた数を数え出した。そして、六十、と数えたところで携帯のボタンを押そうとし、そのふた呼吸くらい後で、思いとどまった。石野真理子が再び姿をあらわし、マンションの玄関へと向かう。オートロックの自動ドアが閉まって石野真理子の後ろ姿が視界から消えた瞬間に、弘美の胃がきゅっと縮まった。強い違和感が背中を走る。

弘美は携帯の短縮ボタンを押した。

「はい？」

梶本は寝ていたのか、声が少ししゃがれている。

「どうした？」

「入れ替わったみたいです」

「入れ替わった？」

「気のせいかも知れないんですが、ゴミ捨てに降りて来たターゲットと、ゴミ置き場から戻って来たターゲットが別の人間に見えました。服装は一緒ですが、足の形が違う気が」

「確かか」

「確認はとれません。この場を動かない方がいいですよね？」

「動くな。俺が確認する。ゴミ置き場の方へ車をまわす。弘美はそのままそこで張れ。すぐ連絡する」

弘美の心臓がどくんどくんと鳴っていた。膝から下の脚。石野真理子のそれはほぼまっすぐだった。が、今さっきマンションの中に消えた女の脚は、膝が少し曲がり、ふくらはぎも心持ち太かった。体型はほぼ同じだ。着ていたものを交換したのだろうか。いや、白いサマーパンツに黒のタンクトップ、チェックのシャツなど、カジュアルウエアの量販店でいくらでも同じものが買える。あのスパンコールのついたサンダルも小道具だったに違いない。わざと、光って目立つサンダルを用意したのだ。すべてそっくり二つずつ。

梶本は、逃げたターゲットに追いつけただろうか。桜井弁護士の勘は当たった。石野真理子は、三日目にしびれを切らし、替え玉作戦を思いついたのだ。

石野真理子の部屋のあかりが唐突に消えた。

　弘美は確信した。ターゲットは逃げた。替え玉の女は、石野真理子の部屋で着替え、髪型なども変えて、もう少ししたらマンションを出てどこかに帰るに違いない。

　携帯が振動する。

「はい」

「おまえさんの観察が正しかったよ。今、ターゲットを車で追尾中。ターゲットはタクシーを拾った。六本木方面に向かってる。こっちの手配は俺がする。弘美は、替え玉がマンションを出て来たら写真に撮ってくれ。判別できるかな?」

「わかりませんが、女性の姿が現れたらすべて撮影しておきます」

「それでいい。交代時間まではそこにいてくれ。後をどうするかは、こっちで決める。交代要員が来なくても、時間になったら戻って寝ていいよ」

「そちらを手伝わせてください」

「だめだ」

　梶本は、笑い声で言った。

「足手まといはごめんだよ。ここからは、大人の仕事だ」

3

翌日、中瀬美奈は会社を休んだ。美奈からは、サンライズ調査事務所の調査員に呼び出された、と連絡が入っていた。いよいよだ。弘美はいつものように中瀬のオフィスに入ってから、事務所から連絡が入るのを待った。

午後になって、梶本から連絡が入った。小山本人が中瀬美奈と逢い、早速、梶本と替え玉の女性とがラブホテルに入る写真をちらつかせたらしい。小山は罠にかかった。脅迫、と断定できそうな言葉も、いくつか録音に成功した。あとは、美奈が予定通り警察に出向いて、小山から脅迫を受けたことを訴える。その上で弁護士をたてて杉村京子に直談判し、サロンの経営から手をひくことを条件に、杉村がサンライズに調査依頼していた件については不問に付す、と伝える。同時に、小山に対しては、杉村が依頼した事実を警察に話さない見返りとして金銭でカタをつける。小山にしてみれば、脅迫の事実がある限り有罪は免れないわけだから、タダで転ぶよりはいくらかでも金を摑むことを選ぶに違いない、というのが、梶本の読みだ。最後の問題は、小山が、実質的な依頼人であった弘美のことを警察に話すかどうか、だが、その弘美は今日限りサロンを辞めて姿をくらまし、舞台から消える。もともとが偽名で、サンライズ調査事務所に依頼する際に使った住所は、今の仮住まいの住所だ。今日中に一切を撤収してしまえば、小山も、自分が罠にはめられたと知るだろう。小山はシロウトではない。大掛かりな罠が自分に対して仕掛けられたと知れば、逆に、身の危険を感じて、迂闊に暴れない方がいいと判断するはずだ。たかが一度の脅迫ならば、弁護士の腕次第で執行猶予はとれる。自分に対しての敵意の正体を知るまでは、できるだけ、騒ぎにならないようにするだろう。

そこから後の展開は、警察次第だった。タイミングを見計らって、警察には匿名の告発状を出し、小山が過去に、いくつもの偽名や会社名をつかって脅迫を繰り返していたことを知らせるが、それ以上のことはしない。それで警察が動かなければ、もはや合法的な手段で小山を破滅させることは不可能、ということになるわけで、弘美としては、もしそれ以上のことがしたいならば、自分も刑務所に行く覚悟をしなくてはならなくなる。そして弘美は、そこまでのことはしない、ともう決心していた。

自分の復讐は、由嘉里の為でも容子の為でもなく、自分自身の新しい出発の為に行う。小山のような人間と刺し違える気などない。

弘美は、中瀬のオフィスにあった自分の私物を片づけた。と言っても、筆記具と湯飲み茶碗だけ。机の引き出しも空っぽ。と思っていたら、中に何か入っていた。取り出してみると、あの鶴の写真が載ったパンフレットだった。

もう一度広げてみる。

丹頂鶴の、求愛のダンス。

ふと、誰かを好きになる、という気持ちを、もう長い間忘れていた、そのことに気づいた。

最後に恋をしたのは……幹久。由嘉里の夫となった男。あれはもう、六、七年も前のこと。

幹久は優しかった。そして、真剣に自分との結婚を考えていてくれた。それなのに……裏切ったのは、わたし。

こわかったのだ、と、今はそれがわかる。自分は、幹久と結婚することにおそれを抱いていた。幹久はとても優しく愛してくれた。でも、その優しさの中に、呼吸ができなくなるような息苦しさが混じる瞬間が、確かにあった。幹久は、妻となる女に、とても単純に、家庭を守ることを求めていた。そして……弘美は思う……自分は、それができない自分を知っていた。

鶴は無心に愛し合う。

誰に照れることもなく、恥じることもおそれることもなく、ただ、その生命が求めるままに、羽を広げ、首をからめ、甲高(かんだか)く鳴き合い、あなたと性交がしたい、そう訴えて踊り続ける。

踊り続ける。


あなたと性交がしたい。

あなたとの間で、こどもをつくりたい。

あなたとわたしの命を、次の世代にのこしたい。


切実で単純なその願い。

求愛、とは、そういうものなのだろう。他に何も必要はないし、他に何も、考えてはいけない。

考えた瞬間に、その絶頂は、刹那(せつな)の最高は、終わってしまう。

求愛の無邪気、求愛の無垢(むく)は、エゴと保身に穢(けが)れ、醜く、殺伐(さつばつ)と屍(しかばね)になって横たわる。

この男と性交したい。この男の胸に抱かれて、その匂いを嗅いで、自分の中にすべてを受け入れて、自分の中のすべてにそれを溶かし込みたい。

その渇き。

その餓え。

自分がとても長い間、忘れてしまっていた、命の感覚。女として生きている、というその熱。

あの裏切りこそが、その瞬間だった。そう……幹久とのことが最後ではなかった。わたしは、幹久ではない別の男の前で、求愛の踊りを踊ったのだ。たった一度、バーのスツールで隣り合わせ、カクテルのグラスをかちんと鳴らしただけのあの男こそが、自分の命を、熱を、最後に受け止めた男だった。

中瀬美奈は、なぜこのパンフレットをわたしに貸した机の引き出しに入れておいたのだろう。

弘美は、美奈の自信に溢れた瞳を思い出した。

彼女には……エステティシャンとして、数百人、いや、何千人という女の肌に触れ、その皮膚を撫で、熱を、憂いを、感じとって来た彼女には、わかったのかも知れない。

わたしが乾いて、ひからびてしまっていることが。命のうるおいを忘れ、求愛の喜びを遠ざけてしまっている、そのことが。

フランソワーズ・ミランのビルを出る時、一度だけ、美奈のオフィスがあった七階の一角を振り返って見た。杉村京子がうまく失脚したとしても、美奈のこれからはまた、激しい戦いの日々が続く。広告塔でありカリスマであった杉村を失ったサロンが、一時的に衰退するのはわかっていることであり、そこからどうやって盛り返すのか、美奈の理想を成し遂げるために、どこまで頑張れるのか、弘美には途方もなさ過ぎて想像すらできない。だが中瀬美奈は、茨（いばら）の道にあえて踏み込み、そこをかき分けて進もうとしている。そして、美奈によってどん底に叩き落とされる杉村京子にしても、決して、やられっぱなしではいないだろう。コネの多さや顔の広さは馬鹿にはできない。杉村には、様々な有力者の後ろ盾がある、という噂もある。杉村が中瀬に対して全面戦争する道を選び、共に破滅するまで戦うとしたら、最後はどちらが勝つか、それもまた、予想がつかない。

だが、探偵の仕事はこれで終わり。

あらたな展開になって新しい依頼が来るまでは、もう、かかわってはいけない世界なのだ。

私立探偵には、ものごとを終わらせる力など、ない。結末は常に、依頼人の手に握られていて、そしてそれは、もしかしたら、探偵に調査を依頼しようがしまいが、はじめから決まっていて変わらないものなのかも知れない。

この一年余り、私立探偵としてかかわった人々の人生を、弘美はひとつずつ思い出そうとした。依頼人の顔はいくつも思い出した。調査の最中にどんなことをしたか、どんな目に遭って、どんな対処をしたのか、それも、次々と思い出せた。が、その人たちの人生を思い出そうとすると、なぜだか記憶がぼやけ、曖昧になった。

好きなロックバンドの音楽に自分の命を懸けてしまったあの少女は、ちゃんと学校を出て進学したのだろうか。

飛び魚のように泳げた時代を忘れられないでいたあの女性は、砂場に憎しみを埋めていたあの女性は。

それぞれの人生は、今、どんなふうに流れているのだろう。自分という探偵とかかわって、何か変化したのだろうか。それとも、ただ遠回りしただけで、結局は行き着くべきところに行き着いただけなのだろうか。

駐車場まで歩く間に、携帯が鳴った。

「弘美?」

　梶本の声。

「昨夜の件、うまくいったよ」

「彼女、売人だったんですか、やっぱり」

「うん。行きつけのクラブでね。裏に暴力団がいるんで深入りはしないことにして、警察にタレこんでおいた。近いうちに逮捕されるだろう。そうなれば、留学生の件はそれで終わりだ。人権問題をつつかれると警察もやばいから、さっさと釈放してくれるよ、たぶん」

「よかった……ですね。勉強が続けられて」

「まあね。今度のことで、日本の若い女は恐いって思い知っただろうから、もうキャバクラにも行かなくなるんじゃないかな」

　梶本は乾いた笑い声をたてた。

「でも、すごく感謝してる、って、弁護士通じて言って来たよ。調査料を桜井さんが立て替えたことは知ってるかどうかわかんないけど。桜井さんも大変だよな、自腹で探偵雇ってたんじゃ、いくら稼いでもおっつかないぞ、きっと」

「だったら」

　弘美は少しだけ皮肉っぽく言ってみた。

「たまには調査料なしの慈善事業にしてあげたらいいんじゃないですか」

「俺とあんたのタダ働き？」

「ええ。わたしはいいですよ……一年に一度くらいなら」

「そうだなあ……一年に一度、桜井さんの誕生日になら、考えてもいいか」

「ええ。調査報告書にバースデーケーキでも添えて」

梶本は笑って、ケーキ代はあんた持ちだぜ、と言ってから、小さくため息をついた。

「あ、ひとつ言い忘れてた。俺、約束してたよね、あんたに。復讐を手伝う報酬はいらない、って」

「……忘れてました。そう言ってくださったんでしたっけ」

「最初に言ったよ。うちの事務所も、弘美の為にノーギャラで手伝わせて貰うって。口約束でも契約だからね、今度の仕掛け調査、いちおう費用計算はして請求書は出すけど、あんたの給与からの天引きはなしでいいって」

「そんな、いいんです。ちゃんと支払います」

「遠慮しなくていいよ。弘美の誕生日がいつなのか知らないけど、小山に関する調査報告書には、歳の数だけローソクつけてあげるから」

弘美は笑った。

「ローソクなんていりません。わたし、もう、誕生日が嬉しい歳でもありませんから」

「誕生日、ってのは、いくつになっても祝うものさ。その日がなければ、弘美はこの世にいなかった。そう考えると、俺は、あんたを産んだお袋さんに、ありがとう、って言いたい気がする」

弘美は、返す言葉に困り、少しの間、黙った。深い意味はないのだろう。でも、梶本のその言葉は、なぜか、心の奥にまでひりひりと染みた。

「それで、どうすんの？」

沈黙のあとで、梶本の静かな問いが聞こえた。

「どうするって、何をですか」

「今後のことさ。続けるの、この仕事」

弘美は、小さな深呼吸をしてから、言った。

「わたしでは無理だと思いますか」

「いいや」

梶本は躊躇（ためら）わなかった。少なくとも、弘美にはそう感じられた。

「向いてるよ、君には」

「わたし、いい探偵になれますか」

「たぶんね」

弘美は、ゆっくりと言った。

「続けます。……続けてみようと思ってます」

「そう」

梶本の声は、いつもより少しだけ優しかった。

「だったら、とにかく、次の依頼あるから、戻ってよ、すぐに」

「はい」


車のドアを開けた。むっとする空気が流れ出す。

その途端、弘美は、何年も何年も忘れていた感覚に襲われた。

あの鶴のように舞いたい、その感覚に。


求愛の、切実に。

解　説

西上心太

人への執着、物への執着。

不特定多数の相手を対象にした愉快犯的な犯罪を除き、個人に向けられる犯罪は、人と物、この二つに対する執着が原因となったものが大多数を占めるのではないだろうか。

人への執着を美しい言葉で言い替えれば「愛」や「恋」となる。だがお互いを尊重して向きあっていられる間は問題はないが、ひとたび心がすれ違い始めた時はどうだろう。多少の傷を残しながらきっぱり相手と別れ、傷を癒しつつ新しい「恋」の対象に目を向ける。これがまあ一般的で、誰もが似たような経験をしていると思うが、このように割りきれる人間ばかりではない。相手の思いが自分から離れたことがわかっていても、再びこちらに関心を向けさせようとしたあげく、それが不可能と知るや「可愛さ余って憎さ百倍」という言葉もあるように、「愛」や「恋」がいつしか憎悪となり、心の刃だけでなく現実の刃を振るってしまう。特に近年は男女関係のこじれがエスカレートして、ストーカー行為を働いたあげくに傷害事件や殺人事件に繋がっていく例は枚挙に暇がない。

物に対する執着も似たようなものだ。物への執着といっても還元すればほとんどの場合が「金」となる。親兄弟や親戚、知人の間での金の貸し借りや、遺産争いなどが高じた末に引き起こされる人間関係の崩壊や犯罪。これらもまた三面記事の常連である。

本書を読んでいて実に印象的な言葉があった。

「人の心は鎖に繋げない」

「人の心とは移ろうもの」

別に作者のオリジナルでも何でもない、昔から言い古された言葉である。なぜそんなありふれた言葉が心に残るのか。それはこの二つの言葉が『求愛』という作品のテーマであり、作者が言いたかったことを端的に表しているからだ。

そう本書は、人間の業とも言うべき、執着を描いた作品であるのだ。

主人公となるのは二十九歳になる独身女性の小林弘美である。職業はフリーランスの商業翻訳家だ。毎日自宅で孤独な作業を続ける上でのアクセントになっていたのが、親友の由嘉里からの電話だった。だが最近は夫の浮気を知ったせいか元気がなく、その日の電話は特に様子がおかしかった。夜になり急ぎの仕事を終えた弘美は由嘉里に電話するが、留守電になっていて繋がらない。心配になった弘美は由嘉里の家に駆けつける。だがすでに由嘉里は手首を切って死んでいたのだった。由嘉里の死から十日後、由嘉里からのハガキが届いた。誤配により弘美の元に届くのが遅れていたのだ。その文面を読んだ弘美は彼女の死が自殺ではなく他殺であることを直感する。雨で流れたハガキの文面の全容が明らかになった時、弘美は真犯人にたどりつくが……（「金と銀の香り」）。

友人の死の真相を暴いたものの、弘美はショックで仕事を休養する。ようやく体調も戻ってきたころ、弘美は同じ精神科クリニックに通う二つ年上の袴田弓枝と知りあいになった。彼女は自分の不注意で実の息子を死なせた過去があった。他人からは理解し得ない心の傷を抱えた二人は親しくなっていく。そんなおり、弓枝は四歳年下の塾講師岩本一郎との結婚話が持ち上がっていることを弘美に告げた。だが結婚話をしていたはずの二人が、血まみれになって死んでいるのを弘美は発見してしまう。決して無理心中でないことを確信した弘美は、岩本の周辺を探りある人物に行き当たる（「細い指輪」）。

やがて弘美の周囲に異変が起きる。自室へ何者かが侵入したような形跡、尾行者の気配。やがてある人物の電話で呼び出された弘美は、危うくホームから突き落とされかかる……（「憎しみの連鎖」）。

本書は以下、「紫陽花輪舞」、「飛魚の頃」、「ライヤー」、「復讐」、「求愛」と八つのパートで構成される連作短篇集の体裁を取っている。どのパートも一通りの解決をつけながら、新たにわき上がった問題を次に繋げていくのだ。そのため全体を俯瞰(ふかん)すれば一つの長篇としても読めるようになっている。

一話目に登場する由嘉里の夫幹久は、かつて弘美の恋人だった。ところが弘美のただ一度の「心の移ろい」のため二人は別れ、後に幹久は弘美の親友である由嘉里と結婚する。その由嘉里はある決心を下し、そのために必要となった「物」に執着したことが引き金となり、不幸にも殺されてしまう。二話目の弓枝もまた嫉妬という永遠の執着の犠牲となる。そして三話目では、弘美の感知しないところで「憎しみの連鎖」が動きだし、命を狙われてしまうのだ。

この後、弘美は思いきった行動に出る。由嘉里を殺した人物は、悪意ある者と関わったため、のっぴきならない状況に陥っていたのだ。殺人犯にならざるを得なくなった遠因を作った者たちの正体を暴くため、弘美は翻訳家という職業を捨て、全く新しい道に飛び込んでいくのである。その新たな職業に従事するうちに、弘美はさまざまな愛の形を知るようになっていき、先述した言葉を含む次の様なことを述懐するようになる。

「この仕事をするまでは絶対に受け入れられなかっただろう考え方も、弘美はするようになっていた」
「結婚したからと言って、愛が永遠に続くという保証などはどこにもない。そして、人の心とは移ろうもの。結婚してしまったら配偶者以外の人間に恋心を感じないでいろ、と強制すること自体が、本来は無理なことなのかもしれない」

弘美自身も幹久と結婚してしまったら、一人の男に縛られなければならなくなるのかという強い不安から、たった一度だけ行きずりの男と関係してしまった過去がある。それが知れ幹久と別れてからは、翻訳の仕事に打ちこむことで「愛」や「恋」という感情をシャットアウトしてきたのだ。だが彼女自身が選んだ新たな仕事を介して、弘美はこの忘れようとしていた激しい感情を呼び覚ます。

「あなたと性交がしたい。／あなたとの間で、こどもをつくりたい／あなたとわたしの命を、次の世代にのこしたい」

「切実で単純なその願い。／求愛、とは、そういうものなのだろう。他に何も必要はないし、他に何も考えてはいけない。／考えた瞬間に、その絶頂は、刹那の最高は、終わってしまう」

執着による悲劇に巻き込まれた弘美は、膠着していた生活から抜け出すために自らの足で一歩を踏み出す。そして新たに選んだ仕事で、それまで以上に人間の執着する姿を目の当たりにする。だが弘美はそのことから、自分が押し込めていた人間本来の感情——たとえそれが執着に繋がろうとも——を発露することを恐れない自分を発見するのだ。

本書は切れのよい短篇集であり、それが集合した連鎖的な長篇であり、恋愛の形態を描いた恋愛ミステリーであり、一人の女性の成長物語であるという、なんとも豊饒（じょう）な作品である。そして人間らしい生活を送る上で切っても切れない「執着」ということを深く考えさせてくれる一冊でもある。

おりしもいまは春。新たな息吹が聞こえてくる季節である。恋愛の真っ最中にいるあなた、移ろいそうな心を抱えているあなた、もう一歩踏み出すことに躊躇（ちゅうちょ）しているあなた、本書はそんなあなたに大きな力を与えてくれる作品なのである。

二〇一〇年四月

（二〇一〇年五月刊・徳間文庫初刊より再録）

本書は2010年5月徳間文庫として刊行されたものの新装版です。なお、本作品はフィクションであり実在の個人・団体などとは一切関係がありません。

本書のコピー、スキャン、デジタル化等の無断複製は著作権法上での例外を除き禁じられています。本書を代行業者等の第三者に依頼してスキャンやデジタル化することは、たとえ個人や家庭内での利用であっても著作権法上一切認められておりません。

徳間文庫

求愛(きゅうあい)

〈新装版〉

© Yoshiki Shibata 2020

2020年9月15日 初刷

著者 柴田(しばた)よしき
発行者 小宮英行
発行所 株式会社徳間書店
東京都品川区上大崎三―一―一 〒141―8202
目黒セントラルスクエア
電話 編集〇三(五四〇三)四三四九
販売〇四九(二九三)五五二一
振替 〇〇一四〇―〇―四四三九二
印刷
製本 大日本印刷株式会社

ISBN978-4-19-894589-3 (乱丁、落丁本はお取りかえいたします)

徳間文庫の好評既刊

柴田よしき
激流[上]

京都。修学旅行でグループ行動をしていた七人の中学三年生。その中の一人・小野寺冬葉が消息を絶った。二十年後。六人に、失踪した冬葉からメールが送られてくる。「わたしを憶えていますか？」再会した同級生たちに、次々と不可解な事件が襲いかかる。

柴田よしき
激流[下]

十五歳の記憶の中の少女はいつも哀しげにフルートを吹いていた。冬葉は生きているのか？　彼女が送ったメッセージの意味は？　離婚、リストラ、不倫……。過去の亡霊に浮き彫りにされていく現実の痛み。苦悩しながらも人生と向き合う、六人の闘い。